破阵子丛书

第九次在天堂

裘山山 著

重庆出版集团 重庆出版社

　　裘山山，女，1958年出生，中国作家协会全委委员，中国作协军事文学委员会委员，作品曾获中国人民解放军文艺奖、全国优秀散文杂文奖、鲁迅文学奖、冰心散文奖、五个一工程奖等，并有部分作品被翻译为英文、日文和韩文。主要作品有长篇小说《我在天堂等你》《我的爱情绽放如雪》等，散文集《女人心情》《五月的树》等，小说集《一路有树》《戛然而止的幸福生活》等，电影文学剧本《我的格桑梅朵》《遥望查理拉》等。

○自序

纪念曾经的军旅生涯

这是我的第十本散文集。如果溯源,我的写作是从散文开始的。

刚当兵时,连队想培养我搞新闻报道,可我怎么也写不好,为了完成任务,我就试着写散文,没想到第一篇就发表了。那是1978年,我当兵第二年。之后又接二连三地发表,其中刊登在《解放军文艺》的一篇,还被中央人民广播电台做成了配乐朗诵,按当时部队的说法,算是上了中央级报刊。于是部队开始下大力培养我,让我参加各种学习班创作会,甚至还让我参加了四川省"文革"后的第一次文代会,成为会上年龄最小的代表。我跻身在无数德高望重的艺术家中间,不知所措,惶惶不安。

现在我写作者简介,常把自己发表作品的时间推后到1984年。因为那一年我在《昆仑》上发表了小说处女作。之前的几篇散文在今天的我看来不能算文学作品,只是没有错别字的作文而已,思想性和艺术都乏善可陈,提起赧颜。

但我必须承认,正是它们极大地鼓舞了我,让我认定自己是应该走或可以走文学创作这条路的。

在后来的岁月里，我一直是小说和散文并举，从来没有重此轻彼。坦率地说，我在小说上花费的时间和精力，比散文要多得多，但我在散文上的收获却大过小说——如果用出书和获奖来衡量的话。迄今为止，我已经出版了九部散文集和两部长篇散文，先后获得过鲁迅文学奖（长篇散文《遥远的天堂》），冰心散文奖（散文集《从往事门前走过》），解放军文艺优秀作品一等奖（长篇散文《亲历五月》），在场主义散文奖（散文《行走高原》），以及全国报纸副刊金奖、上海新闻一等奖、四川省报纸副刊一等奖，江苏省报纸副刊一等奖等。可以这样说，几乎每年我都有散文获奖。

很多朋友告诉我，他们喜欢读我的散文，是因为我的散文有亲和力，能令会心一笑，或感动落泪，是一种近距离的交流。这也让我更乐于写散文。散文是生活的馈赠，是人生路上的树木。所以真诚和朴素，是我写作散文不变的追求。如今，那个充满激情的女战士已经在经历了四十年的军旅生涯后，成为一名退休军人了。但她依然热爱散文，依然喜欢用散文的方式回眸军旅生涯，抒写军人情感。

在写作的路上，我是从散文出发的，最终还是会回到散文。因为写散文对我来说不是创作，而是心灵的表达，是纪念曾经的情感和生活。而这部散文集，则是对我曾经的军旅生涯最好的纪念。

2017年清明

目录

辑一 吟唱高原

- 2 　西藏的树
- 9 　吟唱高原
- 20 　守望三一八国道
- 32 　高原的一个夜晚
- 47 　一本书的幸福
- 52 　黄连长巡逻记

辑二 那时的爱情

- 62 　樟木的青春
- 74 　世界最高处的艳遇
- 79 　爱情然乌湖
- 84 　那时的爱情
- 90 　第九次在天堂

辑三 一个人的远行	102 一个军事记者的十次车祸
	119 我一直叫你家海
	127 一个人的远行
	139 擦肩而过的二等功
	144 最后一程
	149 和徐贵祥做朋友的N个理由

辑四 寻找	158 从绝境中突围
	170 龙宝坪大营救
	175 英雄有名
	187 蓝天上没有鹰的痕迹
	195 飞起来吧我的战机
	213 从凤凰山起飞
	223 战后故事
	232 寻找

辑一

吟唱高原

西藏的树

一直听说日喀则郊区有一片红树林，很漂亮。我去过日喀则多次了竟不知道。听名字像异国风景。那次工作全部结束后，我们就起了个大早去看红树林。可惜老天不给面子，阴着。我还是第一次在日喀则遇到这样的阴天，很有些不习惯，好像不是在西藏似的。

街上很静，也许这个城市就没有嘈杂的时候。年楚河静静流淌着。我们没行多远，就看到了那片树林。的确很大一片，而且树干很粗壮。

红树林其实不红，它就是柳树林，同样是绿的树冠，同样是褐的树干，与其他柳树一样。风吹过，也同样摇曳着，婀娜多姿。

这些柳树不知道有多少年了，也不知道是谁种下的，在经历了数不清的风霜雨雪后活了下来，活成了一道风景。其中最粗的几棵，树干被涂成了红色，是那种寺庙里特有的红色。分区的同志说，那是喇嘛涂的，他们认为这些树是神树，涂以红色表示吉祥。红树林的名字，也是因为这几棵树而来。

在我以往的感觉里，柳树是柔弱的，是纤细秀丽的。比如我故乡西湖边的柳，它们和桃树夹杂着，沿堤而生，与西湖秀作一处，十分和谐。但在见到了西藏的柳树后，我彻底改变了看法。原来柳树是那么强壮，那么有耐力，耐寒、耐旱、耐风沙。它们经常出现在不可思议的地方，图解着"绿树成荫"这个词。尽管它们的枝叶仍是摇曳多姿的，但树干强壮如松柏。

川藏线上的白马兵站，有一院子的大柳树，那柳树密集到盖住了整个兵站的院子。你在别处若怕太阳晒，得费点儿劲才能找到树荫，但你在白马兵站，想要晒太阳的话得走出院子去。这让我发现，柳树也喜欢群居呢，一活一大片。

我们走近看，这片柳树林都是西藏特有的左旋柳。树的枝干是旋转着生长的，模样很像小时候我帮母亲扭过的被单，当然，人家比被单粗壮多了，硬朗多了。

我们在红树林恭候了很久，太阳始终没有出来。这意味着，我还得再去看它们一次。我太想看到它们在阳光下的样子了，那会是一幅完全不同的美景。

我喜欢西藏的树。

不仅仅因为在西藏树很珍贵，更因为它们所呈现出来的美丽，非同一般。你在西藏的路上跑，要么看不到树，一旦看到了，肯定是极其茂盛、健壮的。即便脚下是沙砾，枝干上覆盖着冰雪，它都充满活力。也许真正健壮的树，恰是因为经历了风霜雨雪的，恰是在最难成活的环境里活了下来的。

特别是往日喀则方向走的时候，汽车沿冈底斯山脉前行，一路看到的，全是褐色的山峦、褐色的沙砾地，没有一点绿色。但是走着走着，你眼前突然一亮：某一处的山洼，一股清泉般的绿色从山中涌了出来，那便是树。数量可能不多，可能成不了林，但只要有树，树下便有人家，有牛羊，有孩子，有炊烟，有生命。你就会在漫长的旅途中感到突如其来的温暖和欢欣。

我不知道人们是居而种树，还是逐树而居。

西藏最茂盛的树木，当然在海拔相对低一些的藏东南。如果你去米林，从山南翻过加查山之后，一路上，就经常可以看到大如天伞的树了。一棵树就遮住一片天。我记得有一棵大核桃树，极其壮观，恨不能把整个村庄都罩在树下。站在树下一抬头，满眼密密匝匝的，全是圆圆的绿皮核桃，像挂满了小灯笼。我很想把它照下来，却怎么都无法照全，好像我面对的不是一棵树，而是一座果园。

军区大院的树，也很棒。路两边和办公区里的柳树都那么粗壮，那么茂盛。都是左旋柳，是高原特有的一种柳树。我在内地的确没见过这样的柳树，我在猜想，是不是因为它要躲避风雪，扭过去扭过来，就长成了这样？枝干很苍老，纵横交错的树纹昭示着它们生存的不易。但树冠永远年轻，永远郁郁葱葱。

这些树，都是当年十八军种下的。五十多年前十八军到拉萨时，军区大院这个位置是一片荒地。要安营扎寨，首先就得种树。树种下了，心就定了。树和他们一起扎根。他们种了成片的柳，成行的杨，还有些果树和开花的树。我在司令部的院子里，就见到了一棵美丽的淡紫色的丁香，细碎的小花在阳光下静静地开放。

人们常说西藏是神奇的，在我看来，神奇之一，就是栽下去的树要么不能成活，若活了，风摧雪残也一样活，而且必定比内地长得更高更壮。如果是花，必定比内地更美更艳。如果是果，必定比内地更香更甜。据资料记载，20世纪50年代初十八军为了在西藏扎下根，自己开荒种地，种出的南瓜萝卜，每个都大如娃娃，重达五六十斤，土豆一个就有半斤。蔬菜丰收的时候，当地百姓看得眼睛都大了。

半个世纪过去了，十八军当年种下的树，如今早已成行，成林，成荫，成世界。每棵树都记录着拉萨的变迁，记录着戍边军人走过的一个又一个春夏秋冬。在我看来，它们个个都该挂上古木保护的牌子。

我去海拔最高的邦达兵站时，非常欣喜地看见，他们在那里种活了树。邦达海拔太高，气候太冷，方圆几十里从古至今没有一棵树。据说曾有领导讲，谁在邦达种活一棵树，就给谁立功。我去之前，听说他们种活了一百三十八棵，不知他们立功没有？

那天我一到邦达兵站就迫不及待提出要看他们的树。站长虽然忙得不行，还是马上陪我去了。站长穿着棉衣，棉衣上套着两只袖套，别人不说是站长的话，我还以为他是炊事员。他把我带到房后，果然，我看见了那些树，是些一人多高的柳树和杨树。尽管寒风阵阵，树的叶子毕竟是碧绿的，昭示着它们的勃勃生机。站长坦率地告诉我，在刚刚过去的这个冬天，又冻死了几棵，现在已经没有一百三十八棵了。不过，站长马上说，今年春天我们在新建的兵站又种下去二百多棵树，大部分已经活了。站长的样子充满信心。

  我真为他们感到高兴。树能在这里存活，实属奇迹。这里不但海拔高，而且气温极低，年平均最高温度十五度，冬天常常降至零下三十多度。四周全是光秃秃的山，不要说暴风雪来临时无遮无挡，暴风雪不来时也寒冷难耐。种树时官兵们先得挖上又深又大的坑，将下面的冻土融化，然后在坑里垫上薄膜，再垫上厚厚的草，以免冰雪浸入冻烂根。树又比不得蔬菜，可以盖个大棚把它们罩住，它只能在露天里硬挺着。冬天来临时，官兵们又给每棵树的树干捆上厚厚的草，再套上塑料薄膜，下面的根部培上多多的土，然后再用他们热切的目光去温暖，去祈求。除此之外他们还能做什么呢？要能搬进屋他们早把树搬进屋了，甚至把被窝让给它们都可以。

  一旦那些树活过了冬天，春天时抽绿了，那全兵站的人，不，应该说全川藏兵站部的人，都会为之欢呼雀跃。可这些树并不理解人的心情，或者理解了，实在没办法挨过去。有些挨过第一个冬天，第二个冬天又挨不过了。有些都挨过两个冬天了，第三个冬天又过不去了。谁也不知它们要长到多大才能算真正的成活？才能永远抗住风霜雨雪？谁也不知道。因为这里从来没出现过树。

  但这并不影响邦达人种树的决心，他们会一直种下去的。他们要与树相依为命。终有一天，邦达兵站会绿树成荫，那将是些世界上最高大的树，是需要仰视才能看到的树。

西藏的果树也很著名，尤其是苹果树。西藏栽种苹果树的历史，是从十八军开始的。据资料记载，十八军政委谭冠三，是个喜欢种树的人。他号召各部队进驻西藏后，一路种树。官兵们就从内地带去那些适合高原的树苗，想尽一切办法让它们在高原上成活。谭冠三还亲自试种苹果树，在他的带动下，苹果树终于结出了又甜又脆的苹果。所以西藏的苹果有两个名字，一个是"高原红"，一个是"将军苹果"。

我第一次去林芝，就对那里的苹果树难以忘怀。正值秋天，一路上都能看到树上挂着累累的果实，营房前后也到处飘着苹果香。我们早上出发的时候，就从门前的苹果树上摘一些苹果扔在车上，一路吃着走。那感觉真是好。

西藏的日照充足，水又纯净，所以苹果特别好吃。我在185医院采访时，还吃到了他们自制的苹果干。那里的医生护士告诉我，她们每年都要把吃不完的苹果晒成干，带回内地去，给家里人吃。他们觉得自己一年到头待在西藏，什么也不能为家里做，这是唯一能贡献给家人的了。

其实他们的贡献，树都知道。

或者可以说，他们就是高原上的树，是最顽强的、最挺拔的树，亦是最美的树，四季常青，永不凋零。

如果说在西藏，天有多高，山就有多高，那么，比山更高的，就是树了。它们生长在西藏那样高的山上，肯定比别处的树更早地迎接风雪，也更早地迎接日出。

对这样的树，我充满敬重。

吟唱高原

何海斌斜斜地靠在越野车旁,跟几个走过他身边的藏族小学生打招呼,逗他们,小学生也嘻嘻哈哈地反过来逗他。我一眼看见,心里一动:如果不是那身衣服,他可真像个土生土长的西藏人。黑黝黝的脸庞,加上一副自在的神情。

何海斌是拉孜县人武部政委,上校军官。他的另一个身份是我们《西南军事文学》的作者、诗人。所以,当我在路上发生严重高原反应,被同行的三位坚决阻止继续往前走时,他立即说他来接我回去。

所谓"往前走",就是去海拔更高的边防团;所谓"回去",就是返回日喀则。我自然是服从了。虽然半途而废有点儿没面子,但面子比起性命总是次要的。

一旦做出决定,何海斌便以军人的果断和迅速出现在了我的面前,370公里的天路他仅跑了四个小时,令我十分感动;但同时,他又以军人少有的絮叨陪了我一路。每当我因为缺氧昏昏欲睡时,他总会把我喊醒:山山老师我跟你说嘛……或者:山山老师你看过某本书没有？我有点儿恼火，又有点儿心酸。在西藏，尤其在武装部，寂寞是最大的敌人。偌大一个院子，只有几个人影在晃动，一天到晚说不了几句话，好不容易逮到一个可以聊天的，还不可劲儿聊？

何海斌算是个帅哥，一米七八的个子，端端正正的模样，练过武术又站过军姿的身板，很挺拔，加上黑黝黝的脸庞。这样一个帅哥军官是个话痨，你一定想不通。他应该像高仓健那样不正眼看人，领子竖起来，默默望向雪山才对。

但是没有。他就是不停地说话，讲西藏的风土人情，讲边防上的大小事，讲他读过的书看过的电视，甚至讲一些我根本听不清楚的话语，不知其中有没有他写过的那些诗：

朋友告诉我
高原的阳光可以
装入小小的移动硬盘
打开电脑
在咖啡与音乐下
自由与甜蜜地回忆

我却喜欢
用自己的方式抚摸
高原阳光

喜欢阳光下酽酽的酥油茶

和雪山下艳艳的风马旗

这首诗，发表在我们刊物上，很长，叫《高原的阳光》，这是开头几句。从这几句里，你能感受到何海斌与高原非同一般的感情。他不善于口头表达，但他把他对高原的深厚情谊，都写进了诗里。

而我，已被高原反应折磨得完全没有了诗意。无论何海斌说什么，我都只能是有一搭没一搭地应着，无法与他对谈。我感觉很对不住他，却也无奈。

终于在下午两点到达了定日。

我们的线路是这样的：从樟木出发，经聂拉木、岗萨、定日、拉孜，最终到日喀则。定日是中间站，我们便停下来吃午饭。当时已经是下午两点多了，我很饿。

定日海拔4300米，是去往珠峰必经的县。换句话说，珠峰就在定日县境内。所以定日的旅游口号是，到定日看珠峰。定日又分老定日和新定日，前面我们经过的岗萨，就是老定日。

对于老定日岗萨，我有着极为深刻的记忆。

早在20世纪80年代我第一次进藏时，就和另外三位作家一起到过定日。那次我们坐了辆老旧的北京吉普想去樟木，走到岗萨时轮胎爆了。我们便在老定日唯一一家修车店补胎。等补好了轮胎，师傅告知我们没电充气。他扔了个打气筒给我们，让我们自己打。于是在海拔四千多米的地方，我们开始玩儿酷，用自行车打气筒给汽车轮胎打气。我们五个人是这样分工的，男的每人打一百下，女的每人打五十下。凭我们的一双手，还真把轮胎给打足了。年轻真是好，我吭哧吭哧打了五十下一点儿事儿没有。不过等我们继续前行时，更多的问题出现了，水箱漏水，发动机故障……我们只好打道回府。于是，樟木这个著名的边境口岸，我迟到二十五年后的今天才得以抵达。

我把这个故事讲给何海斌听，他哈哈大笑说，我当时要是在，一定不让你打。我说，你那时候在哪儿？读中学吧？他说是，我1992年才进大学。

当兵前的何海斌是大学体育系学生，专攻武术。为什么要学武术？是因为小时候他和弟弟经常被人欺负。为什么被人欺负？是因为外公和爷爷都出身不好并且有历史问题。但这个体育生却非常热爱文字，一进大学就加入了新闻写作社团，在那个社团里他学到了很多东西，入伍后便大大派上了用场。

1995年，即将大学毕业的何海斌，赶上了西藏部队去学校招收军官的机会，他立即报名，过五关斩六将，穿上了军装，来到高原。在教导队集训三个月后就当上了排长。因为思乡，他在笔记本上写了些关于边关和故乡的短句子，被领导无意中瞥见，立马作为写作人才，弄去当宣传干事了。

我们来看看何海斌的长短句吧：

一本军旅作家的诗集

　　是属于哨所的

　　静静地搁置在窗台

　　封面已悄然剥落

　　也不知曾被多少人轻轻翻阅

　　……

　　我深知钢铁般的兄弟

　　以诗人的浪漫

　　坚守了一个冬季的寂寞

　　摘抄的诗页

　　是否已寄给　远方的她

在哨所坚守的日子，他写下了很多这样的诗句。这些诗不仅陪伴着他熬过那些艰苦寂寞的日子，也陪伴着他的兄弟们熬过一整个冬天都困在雪山的单调到发疯的日子。

　　很多人以为

　　　我们属于寂寞的人群

　　　荒凉的戈壁

　　　飘动的风马旗

偶尔出现的羚羊

是我们全部的记忆

……

寂寞　孤单与孤独

是世人给予我们的另类解读

忠诚　国家与责任

才是我们作为军人的全部

静，天下太平美满和谐

动，雷霆万钧气吞山河

　　他当了两年干事，又回连队当指导员，又上机关当股长，又回营里当教导员，又到机关当科长，上上下下，始终都在艰苦的日喀则地区，那张黝黑黝黑的脸就是明证。樟木的八零后指导员曹德锋，就曾经是他的部下。所以，关于反蚕食斗争，何海斌也有很多事迹，立过二等功。

　　可是，等我们在拉孜人武部面对面坐下时，他居然木讷得要命，啥也说不出来，路上的那个话痨不知哪儿去了。

　　我启发他：你在岗巴待了三年，岗巴是出了名的艰苦，海拔4300米，我在那儿就一个晚上都睡不着，头疼欲裂，你那么长时间，还要执行任务，就没什么记忆特别深刻的事情吗？

　　他说，没什么啊，就是那些事，工作，训练，写稿子，上课，没有什么特别的。

我继续启发他：你好好想想，你去了那么多次一线哨所，就没有比较特别的记忆吗？

他想了半天，居然给我讲了一件让我哭笑不得的事：我刚当兵没多久，在教导队参加集训，条件特别艰苦，一个月都洗不上澡。后来实在太难受了，我就和几个战友提着水桶，跑到猪圈里去冲了个澡。哈哈，这个事我印象特别深。

何海斌咧开嘴笑起来，见我错愕，连忙补充一句：那个猪圈是个废弃的空猪圈。

我只好回家查资料，一查还查到了，关于他的事迹，很多。

何海斌在岗巴营任教导员期间，正是边境斗争比较复杂激烈的时期，所以他光是带队巡逻就一百五十多次，行程近两万公里（也许是次数太多了他感觉很平常）。那不是一般的巡逻，是要面对复杂局势、随时展开有理有节斗争的巡逻。

也许何海斌也跟曹德锋一样，认为不便细说所以不说。我们就说说荣誉吧。2010年岗巴营被评为全国边海防工作先进单位，何海斌代表全营去人民大会堂参加了颁奖大会，并作了发言。何海斌的发言受到了与会者的高度赞扬，随即应邀到外交部作了一次辅导报告。他是第一个给外交部作辅导报告的边防军人。

这样荣耀的事，何海斌居然想不起来主动告诉我，还得我自己去调查，去追问。这实在不像是一个教导员一个政委一个话痨的失误。

我嗔怪他，他嘿嘿笑道：我没想起来。

行万里路的同时读万卷书，何海斌的阅读量很大，凡是关于西藏、关于军事的书都喜欢读，由此带动了整个岗巴营。他们营党委是全军先进基层组织，是成都军区命名的"岗巴爱国模范奉献营"，他本人还是西藏军区的优秀党员，立过一个二等功，三个三等功。

真如戏曲里唱的：是一个好呀么好青年。

接着说路途上的事儿。我们在定日一家四川人开的饭馆吃了午饭，准备再上路时，我忽然就看到了刚才说的画面：何海斌斜靠在越野车旁，一边等我，一边逗路过的孩子。黑黝黝的面庞和自在的笑容，在一瞬间打动了我。

我们再次翻越嘉措拉雪山。怕我有反应，过山顶时没停车。何海斌按当地藏民的习惯大喊了几嗓子：哦哟哟哟！表示跟山神打招呼：我们路过此地了，请多多关照呀。

那一刻，我有些感动。

下山后，何海斌让驾驶员停车，说要到江边去捡石头。此建议甚合我意。每次到西藏或云南出差，我总会捡几块石头带回家。眼下家里已经养了好几盆石头了。我昏头昏脑地跟他下车，顶着烈日跑到江边。东翻翻西翻翻，虽然没捡到宝石，还是捡了几块花纹特别的来自珠峰脚下的石头。

由此可见，热爱文学的军官还是不一样。

到达拉孜是下午四点半,我记得很清楚。因为一进城,何海斌就把我扔在拉孜街头一个宾馆里,很随意地说,你睡两个小时,我六点半来叫你吃晚饭。

此建议跟捡石头一样合我心意。我实在太疲倦了,眼睛都睁不开了。可是,在宾馆的那两个小时,我却一分钟都没睡着。拉孜的海拔并不高,我看了一下手机上的海拔表,仅4050米。照理说应该能睡的。我在海拔4700米的地方都睡过。可是,当我一头倒在宾馆床上想好好睡一觉时,却一次次地被憋醒,每次都是刚刚迷糊,一口气就上不来了,必须做深呼吸才行。

我有点儿紧张,这样的状况以前从没出现过。于是当何海斌六点半来接我时,我就告诉他,我憋闷得厉害,喘不上气。我说了两遍,希望他也紧张起来,然后说,那咱们直接去日喀则吧。

日喀则海拔不到3900米,比拉孜低200米左右。在西藏,一两百米的海拔差距,会有很大不同。何况拉孜距日喀则仅160公里,而且无须翻山。可是,何海斌同志对我的话丝毫没有在意,他说:没事儿,吸吸氧就好了。

人就是这样,当没人在意你时你自然就坚强了。如果他惊慌失措,我肯定马上躺倒。

果然一夜无事。第二天,何海斌带我游览拉孜,他大步流星地走在前面,仿佛身后跟着的不是内地来的中年妇女,而是个西藏小战士。也许是我的一身迷彩服导致?我紧紧跟着他,同时被紫外线热烈地拥抱着。西藏的紫外线不是从天上来的,是从四面八方来的,其中也包括地面反射上来的,所以你戴草帽打伞,都白搭。

忽然,我看到了蓝天上的月亮,上午十点的月亮。在西藏,几乎每天都能见到日月同辉的景象,这样的景象总是在提醒你,这里真的是西藏,是世界屋脊,是神秘高原。

虽然我已见惯不惊,但还是很想说一句:有许多被诗意描述过的地方,去了就会失望,但西藏不会。因为它的诗意是与日月并存的,渗透在每一寸土地里,每一寸空气里。

如何海斌写道:

站在高原,你会情不自禁地爱上这里的山山水水。山,把灵魂托举得更高;水,让你明白什么是纯洁……经幡飘动的时候,我能看见风的笑靥,它在传递着吉祥与祝福;变幻的云朵,如梦想飘过,书写在日月同辉的苍穹。(摘自何海斌散文《风过高原》)

晚饭我勉强吃了几口,就昏头昏脑地去了拉孜人武部,例行公事地参观了他们的荣誉室、图书室和办公室,最后才得以坐下来吸氧。何海斌抱来了氧气瓶,却不会操作。他解释说,我从来不吸氧。最后还是一个战士搞定的。我吸上氧,心里踏实了。

其实何海斌有蛮多烦心事,只是他不习惯叫苦。他的妻子去年被查出甲状腺肿瘤,还是恶性的。他休假两个月,回去陪妻子住院做了手术，并精心服侍照料。他很乐观地告诉我，手术很成功，现在妻子的情况很好。

那天我在他房间聊天，正为他的木讷生气时，通讯员忽然送来一堆邮件，其中就有何海斌的一个快递。他笑眯眯地打开，拿出来给我看：瞧，我老婆给我买的红枣和核桃。

那一刻，我的心跟红枣一样。

> 眷恋的云朵
>
> 如你婀娜的舞姿
>
> 拉长成相思的季节
>
> 寂寞的哨所
>
> 火热的等待
>
> 你那飘逸的长发
>
> 回眸后的浅笑
>
> 真想为你
>
> 盘起一生的爱恋
>
> ——摘自何海斌诗《极地的爱恋》

守望三一八国道

在拉孜一家小宾馆住了一夜，第二天上午，我又来到拉孜人武部。

拉孜这个地名很有乐感，它的藏语意思是，太阳照耀的地方。不过在我看来，西藏哪一处都是太阳照耀的地方，你想不照都不行，强烈的太阳光从早上八九点开始，一直照耀到晚上八九点。即使是晚上八九点开车上路，如果向西走也必须戴墨镜，否则眼睛会被强烈的夕阳刺得睁不开。

拉孜人武部是个漂亮的四合院，一座朴素的两层灰砖楼是全院的最高建筑——人武部办公楼。楼前，一面鲜红的五星红旗高高飘扬着，在蓝天映衬下显得格外鲜艳。另外三面是平房，分别是仓库、车库和宿舍。院子里花草树木茂盛。那一排油亮油亮的杨树，那两棵巨大的开着白花的苹果树，还有那一排年轻的开着粉花的李子树，都让我着迷，我耗去不少时间给它们拍照，然后发在微信朋友圈里。立即有朋友惊呼说，这是他们见到的最美的人武部。

拍够了照片，我再次来到何海斌的房间坐下，他烧水，为我泡了一壶香浓的云南滇红。我刚喝了两口,屋子里就进来一个结结实实的汉子,一张脸极为充分地体现着西藏紫外线的威力,黑而亮。他笑眯眯地说:裘老师你好,我叫周联合。

原来,他就是拉孜人武部的周部长。

何海斌曾告诉我,他跟周联合是非常要好的兄弟,他们有太多的一致:同是七零后,同是南充人,同是性情中人。最最重要的是,同是文学青年!他们都喜欢读书,喜欢写作,尤其喜欢写诗。所以他俩在一起工作,那真是心往一处想劲儿往一处使。在他俩的共同努力下,拉孜县人武部先后被评为西藏军区征兵工作先进单位、西藏军区先进旅团单位。

老实说,我采访过那么多部队,还是第一次碰到这样的搭档。

不过,当我和周联合握手时,注意到他的手腕上戴了一串木珠,这给我的第一个印象不太好:一个当兵的,戴那东西干吗?本来我对武装部的干部就有偏见,感觉他们比较散漫,不是正规军。虽然这偏见毫无道理,因为所有的武装部干部都来自正规军。

可是,接下来的事,又让我受到了一次"人不可貌相"的教育。

周联合的外貌没有何海斌那么挺拔,壮壮的笑眯眯的像尊黑色如来佛。我马上注意到他的嘴角有一道明显的疤痕,就问:"你嘴上的疤是到西藏落下的吗?"

其实我问的时候,完全是没话找话的心态。所以他回答的时候,也是一副闲聊的口吻:

"是的。我当班长那年,有一次执行任务,遇到了歹徒,居然冲过来夺枪!我马上就跟他们拼命。老子心头想,我兄弟四个,就是光荣了爹妈也有人养。结果就挨了这一刀。"

用那句俗话说,我当时就震惊了。

我追问:"后来呢?"

"后来当然是把他们制服了。"

"那你呢?"

"我被送到医院缝针呗。医生打麻药之前我就问,你这麻药会不会影响面部神经?医生说,会有一点儿。我说,那就别打麻药。结果把老子痛惨了!里面缝了十二针,外面还缝了八针。"

周联合因此立了三等功,然后保送到军校读书(其实他挺会读书的,高考时只差五分)。军校毕业提干。从排长、连长,一直干到营长,始终是个带兵的军事干部,也始终在正规军干。直到两年前,他才来到拉孜人武部。但他那颗职业军人的心始终揣着,成天看书看地图,研究军事斗争形势、战略战术。跟我交谈的半个小时里,就从国际形势一直谈到周边环境,谈到西藏稳定,谈到反蚕食斗争。滔滔不绝。甚至还引用了几次古诗词:大风起兮云飞扬……风萧萧兮易水寒……醉卧沙场君莫笑……

原来,这是个有着严重英雄情结的军人,和手腕上的木珠毫无关系。他曾有两次机会进机关工作,都被他自己放弃了。他说,我喜欢和兄弟们在一起的感觉,不喜欢虚头巴脑的事儿。

短短几句话，就让我对他产生了浓厚的兴趣，于是我把采访重心，从何海斌转移到了他身上。

周联合比何海斌大两岁，入伍也早几年。他是从战士提干的，大部分的军旅生涯，都是在连队摸爬滚打，因此气质上的确比何海斌多了几分行伍之气。说起当兵的经历，周联合眉飞色舞，笑容满面，仿佛他进藏这二十多年来，始终过着幸福美满的生活，或者说，他是那么喜欢这样的生活。

当然，作为一个成熟的有头脑的男人，他肯定也看到了很多问题，有很多的不满和看不惯，但他不喜欢发牢骚，他说发牢骚没用，还不如自己好好干。

他坦率地说，像我这样的人，家在农村，没有任何背景，又不善于拍马屁，只能踏踏实实工作才有出路。可以说，当兵二十多年，我完全是靠自己硬干硬拼走过来的，每一步都付出了艰辛的努力。

当说到他为何能坚持无怨无悔踏踏实实地努力，周联合忽然动了感情。他说，有一个人在他的军旅生涯中对他产生了极大的影响：

"他就是我们团原参谋长和洪亮，我很敬佩他。记得是1996年年底，和洪亮从军区兵种处到我们舟桥营来蹲点。那时我是排长，一直在积极协助连里做好老兵退伍工作。也许他发现我还可以写点儿东西，老兵走后的一个晚上，他叫我帮他写个蹲点工作总结（后来我才知道，其实他挺能写的，是故意考察我）。当时没有电脑，全靠手写。

我写好后,感觉自己的字不太好看,就让连队文书帮我抄了一遍,然后送到营部给和洪亮。营部和我们连虽然只有一百多米的距离,但因为是冬天,非常冷。我送去后,他又提出了修改意见,让我拿回去再改。我改了以后送去,他又让我改。整整一个晚上,我跑了七个来回共十四趟。

"天都快亮了,最后一次了,和洪亮参谋长才对我说:其实材料早就过关了,我就是想考察一下你,看你到底有多大的忍耐力。你合格了小伙子,我看好你,愿意认你做学生。

"我当时很激动,因为我一直很佩服他。他的军政素质都特别过硬,上过国防大学,还参加过国庆大阅兵。

"后来他到我们团来任参谋长了。每次去团里,我都要去他家里或者办公室聆听他的教诲,他也很用心地培养我,从方方面面带我指点我。我的每一点进步,都得到他的很大鼓励。2005年,我被任命为副营长,但他却病倒了,因脑瘤住进了西藏军区总医院。我去医院看他,心里特别难受。他却安慰我说,没事,莫急,要干好本职工作。

"记得他转院去成都的那天,我们全营列队在公路边给他送行,我眼里满含热泪,他也双目湿润,我们两个男人的双手紧紧地握在一起。最后他对我说的还是那句老话:要踏踏实实地干好本职工作。

"这一去,就成了永别……

"这么多年了,我始终记得他对我说的话,干好本职工作,脚踏实地才能有出路。"

看看周联合的简历,就不难看出,他的确是脚踏实地走过每一步的:周联合,1970年12月出生,1989年入伍,历任西藏军区工兵某团战士、班长、排长、副连长、连长、副营长、营长……

的确,一个人对一个人的影响,有时只需一两件事,一两句话。

我从周联合身上,看到了一个优秀军人的影子。我在心里,默默地向另一个世界的和洪亮致敬。

正午,我们一起走出房间,阳光赤诚热烈到让人受不了。我往树荫下躲,周联合却站在白热化的中间地带,脸上滋滋冒汗。他指着眼前一座不长一棵树一棵草的山对我说,我觉得我们男人就应该像这座山一样,坦坦荡荡,毫无遮掩。

我有些意外。对我来说,没有树的山都很难让人喜欢。周联合却赋予了它如此的意境。

走出人武部大门,街上行人极少。一条笔直的路,通向远处另一座光秃秃的赤诚坦荡的山。他忽然说,我这四十多年,都是走在318国道上的。

"哦,怎么讲?"我好奇。

他说:"我是四川南充人,家就在318国道旁。当兵以后到了工兵团,数次执行任务都是在318国道上。现在到了拉孜,还是守着318国道。所以我写过一首诗,叫《我的318国道》。"

我说:"厉害,读来听听嘛。"

他不好意思地笑道:"写得不好。"

318国道,的确赫赫有名。我们从日喀则到樟木,再从樟木返回日喀则,都是走在318国道上的,一路停顿的小城小镇,如同缀在318国道上的珠子。但更详细的情况我就不知道了。于是回家查了一下资料:

318国道是目前我国最长的国道。起点是繁华的上海人民广场,经江苏、浙江、安徽、湖北、重庆、四川、西藏,终点是聂拉木县樟木镇的友谊大桥。全长5746千米。因其横跨中国东中西部,揽括了平原、丘陵、盆地、高原景观,包含了江浙水乡文化、天府盆地文化、西藏人文景观,拥有从成都平原到青藏高原一路的惊、险、绝、美、雄、壮的景观,而被中国国家地理杂志评为中国人的景观大道。

相信周联合的318国道,也同样拥有无限风光。

当我问到今后的打算时,周联合却一声叹息:"现在到了这儿,我的军人生涯算是到头了。我是为了打仗才当兵的,我经常跟我老婆说,你是军人的老婆,也要有战争的心理准备。麦克阿瑟的《战争论》里,说了十二条可能爆发战争的原因,我一一对照过,感觉我们也随时有可能面临战争。但是到了人武部,真的打起仗来我也不可能上一线了,唉,年纪也越来越大了,也许只能向后转了。"

我明白他的意思,深深地为他感到惋惜,却无从安慰起。

我说:"你这么喜欢西藏,以后回内地了,一定会很想念的。"

他点头,若有所思地说:"当我离开这片土地的时候,不知道会以什么方式，但我一定会回头多看几眼。"

我的眼眶一下湿了。

按他的句式，我也想说，当我以后想起拉孜小城的时候，一定会想起这座没有一点儿绿意的山，和仰望荒山的周联合。

在拉孜匆匆见过后，我始终惦记着这位面庞黝黑的武装部长。于是，当我得知他回内地休假时，便主动要求再见一面。周联合爽快地答应了。他跟朋友开车到成都来，约好和我们一起吃晚饭。

我连忙叫上两个创作员，希望他们也能有所收获。哪知，那一顿饭从头到尾，周联合同志讲的都是他对未来战争，对西藏稳定，对军队建设的思考和看法，可谓滔滔不绝，讲到有些地方还很激动。他的情绪和话题，把我们全带进去了，导致整个饭局成了军队建设研讨会。

说实话，我当时真有种错位的感觉，你想想在一家简朴的火锅店里，谈的却是顶级的国家大事。仿佛我们个个都是肩负重任的栋梁。回到家我才反应过来，这顿饭的初衷完全没有达成，由于周联合的"胸怀祖国放眼世界"，我一点儿也没采访到他的"个人事迹"。

我只好发短信给他，要他无论如何，给我讲一个他自己"比较有意思的经历"，周联合只好通过邮件，发来了下面这个故事：

1998年11月初，我们部队参加演习，那时我在工兵团舟桥一连当副连长。11月初的西藏已经很冷了,我们在雅鲁藏布江一号渡口开设浮桥渡场,我的工作是在对岸桥段协助连长。那个时候,正是我家属临产的时间,我因为演习无法回去。

演习开始,因为我岸桥段到位太快,对岸水流加快,我所在前段经过几次都顶推不到位,距离太远,绳索怎么都抛不上岸。见情况紧急,我没多想,立即跳入江中。当时的距离有二十来米,我奋力游到岸上,用力地拉绳索。我的二十多个兵一见我游过去了,也纷纷跳入水中,和我一起齐心协力地把桥段拉到位,顺利完成了任务。

当时已是寒冬,江水刺骨,气温估计有零下二十度,我和我的兵上岸后全身湿透,都是冰碴子,冷得瑟瑟发抖。我笑着对他们说,现在我们就像寒风中的小白杨了。大家都笑。为了取暖御寒,我们每人喝了几口江津白酒,在战壕里抱成一团。我的兵把我紧紧围在中间,他们说非常佩服我。这让我非常感动。总结时我说:干部干部,就是先干的一部分人。只有我们先干了,我们的士兵、部属才会以我们为标杆跟上。我们踏实干,他们就会踏实干,他们才会信服你。这才是建立在良好工作关系基础上的兄弟关系。

演习结束,营长把我带上主席台,把我爱人临盆之事汇报给了当时的团政委朱永明,朱政委一听很急,连忙说,马上走,去机场,我的车送你,赶明早的飞机。我就穿着湿漉漉的迷彩服去了机场,营长叫通讯员把我的衣服送到机场……

回家不到两个小时,我的丫头就出生了,我给她取了个很美的名字"周丽雅",意思是:美丽的雅鲁藏布江。

我觉得周联合写的,比我写的更好。
那么,我就用他的《我的318国道》,来结束此文吧。

这条路
起点在上海　终点在西藏樟木
简称G318
我说:是我的318国道

24年前
母亲送我走上这条路
小镇转角　她偷偷拭泪的情形
伴我走进高原
伴我孤独前行
母亲来信说:
儿啊,我们在一条路上
你在路的那头
妈在路的这头

我在心里对自己说

在这条路上　我要走好

因为母亲在看着

当我圆梦回到故土

路啊　还是这条318国道

只是　母亲的坟头萋草疯长

长满我刚刚踌躇满志的心

我的泪水湿了这条路

但我依然前行

因为我知道

母亲在看着

走啊走啊

无论如何我都走不出这条路

遇到你的时候

你在这条路的那头

我在这条路的这头

在那个桂花飘香的日子

我看见了花的影子

闻到了花的芳香

我陶醉了　飘飘欲飞

于是
我走在这条路上的样子很拽
拽得无视其他的芬芳
我知道
你在看着

高原的一个夜晚

1997年5月29日的夜晚,我是在西藏日喀则的一家陆军医院里度过的。

我在这家医院采访,提出想和护士一起值夜班,院方一口答应了。于是这天夜里,我就在外科病房守着。虽然已是5月底,但在西藏,在西藏的夜里,天气依然很冷。我抱着一杯热茶,守着炉子,和护士小殷聊天。

小殷是个北方姑娘,个子高高的,脸庞红扑扑的,健康开朗,也善谈。我问她在外科当护士是不是比其他科更累呢?她说那倒不一定,但比其他科的紧急情况多。比如5月12号那天,是护士节,她刚参加完医院的歌咏比赛,还来不及看分呢,就来了个急重病人,她只好跑步到科里,跑得比唱歌还要喘。她说的时候笑眯眯的,像在说一件好玩儿的事。

什么病?我问。

车祸。她说,当时情况可糟了,瞳孔一大一小,昏迷不醒。现在呢？现在已经没有生命危险了，但还是嗜睡，腿肿得发黑，我用热水给他泡也缓不过来。我们给他上了特护。主要是车祸之后没及时送来，又冻了一下。如果不是一个道班工人发现，可能就没命了。肇事司机逃逸了。

我想，这个年轻姑娘不知见过多少生死了。我又问，你们什么时候最忙？

小殷说，每年年底。

为什么？

小殷笑道，新兵进藏啊，总有一大批患高原反应的。把所有病房都住得满满的。

怪不得她笑，她一定认为我这个老兵应该想到这一点。

我们聊了一会儿，小殷看看表，说马上要到休息时间了，她得去查房。我便和她一起去。

外科总共有十来间病房，大部分房间已熄灯休息了。走到其中一个黑了灯的病房时，小殷推开门打亮灯说，喏，就是靠窗户那个。我看过去，床上躺着一个人，一动不动，床头柜上干干净净，只有一个大概是用来喝水的玻璃瓶。

我说，没人来看他吗？小殷说，他一直不说话，我们也没办法通知他家人。小殷走过去，给他掖了掖被子。他就像荒原上的一根草，我忽然想，小殷她们，就是照在他身上唯一的阳光了。

我们关上灯退出来，走到一间亮着灯的病房，见几个兵在玩儿扑克。我注意到其中一个兵将两只胳膊架空，抬得很高。小殷像幼儿园老师吆喝孩子那样大声说，睡了睡了，再不睡就给我搓棉球去！几个兵并不害怕，嬉笑着说好啊好啊，只要你肯。小殷说，快关灯了！每天都不自觉。几个兵就把扑克收了。动作倒是快，几下就上了床。小殷发现还少一个，就问，17床呢？几个兵说，不知道，可能看电视去了。小殷生气地说，看我怎么收拾他。

我和小殷走出来，问，那个兵为什么把两只胳膊抬那么高？小殷说，他刚做了腋下切除术，他有狐臭。我不解地说，狐臭也要来做手术吗？小殷幽默地说，当然了，因为他已经臭到影响团结了。

我们回到护士办公室。窗户上竟然有个苍蝇，到底是夏季了。小殷拿起一张旧报纸靠近那只苍蝇。我说，你进来这么多年了，有什么最难忘的事吗？那只苍蝇往上移了移，小殷够不着了，只好脱了鞋踩上凳子。踩在凳子上的小殷说，它也缺氧，飞不动。小殷"啪"的一下，把苍蝇给拍死了，给我的感觉她拍的不是苍蝇。小殷又说，最难忘的事？一下还说不上来。

我知道自己这个问题问得很笨，但它是个可以讲故事的问题。小殷从凳子上下来，把报纸扔进字纸篓，然后很仔细地洗手，好像刚才她是用手抓的苍蝇。

"有一年冬天，"小殷开始讲故事了（我知道会这样，怎么可能没故事呢），"其实还不是冬天，刚10月底。下了一场大雪，特别大，可以算是雪灾了,五个冻伤的军人被送到了我们医院。那时候我还在手术室,并且怀着孩子。五个伤员里,有四个军官,一个士兵。他们是在探家回来的路上,遭遇这场大雪的。上路时一点下雪的迹象都没有,走到一半就突然下起来了。他们坐的车先是迷了路,然后又陷住了。他们就下来步行,路是走对了的,但还是全部冻伤了。"

我问:"不走不行吗?不能就在车里等吗?"

小殷说:"不行,那样说不定会被冻死。"

我又问:"伤得厉害吗?"

小殷终于洗完了手,一边擦一边点头道:"厉害。五个人送来后,分别被截了肢,有的是脚指头,有的是脚后跟,最厉害的一个截了小腿。"

"不截不行吗?"我再问。

"不行,"小殷说,"那样会一直坏死上去,影响到健康肢体。"

我不再问了,心里有些难过。

小殷给我的茶杯加了水,说:"知道不,那个截了小腿的,是我的朋友,一个军医。"

一个军医?我心里一动,他叫什么?小殷说了一个名字,是我陌生的。

小殷说:"当年我们一起到内地医院进修过。他进修医生,我进修高护。他人特别好,当时如果没有他,那几个人可能会伤得更厉害。"

我看看小殷,觉得她很平静。这中间应该有故事的。我想,如果他们是恋人呢？那会怎么样？那可能就会有个有些悲壮的爱情故事。不过我又想，这样的爱情故事除了我这种所谓的作家，谁会喜欢呢？

尽管如此，我还是非常想问她，她和他之间，有故事吗？

小殷没察觉我的心思，继续说："他们后来恢复得都不错，很快就出院了。我那个朋友结婚后，还带着他的妻子孩子上医院来看过我们呢。住了两三个月的院，和我们医院所有的人都有感情了。那个兵后来也结婚了，他是写信告诉我们的。"

走廊上忽然传来一阵嘈杂。小殷职业性地跳起来冲出门外，很快就没了人影。

我也跟了出去，看见医护人员簇拥着一辆担架进了急救室。过了一会儿小殷跑回来对我说："要输血，我得去叫护士长。"

我知道护士长住在医院外面，就说："我和你一起去。"

小殷说："好。"我们俩拿上电筒就往外跑。

天很黑。西藏的夜晚通常都有大月亮的，但偏偏这天晚上没有。我和小殷互相拉扯着，深一脚浅一脚地跑出医院。

路上小殷告诉我，送来的是个小战士，施工时开挖土机，挖土机翻了。小战士本来可以跳下来的，但他想保机器没有跳，结果被压在了机器下面。

"伤重吗？"我问小殷。

小殷说："肯定重。六点受的伤，一直昏迷到现在。"

"六点就受了伤,那为什么现在才送来?"我问。

"太远了,一百多公里的路,路况差,天黑还不能开快。"

"他们部队在哪儿?"我又问。

小殷顾不上回答我,因为已经到了护士长家。

护士长是个藏族人,家就在医院外面的一所藏民院子里。小殷冲着院子叫道:"护士长!护士长!"

最先回应她的是狗吠,接着灯亮了。小殷说:"走吧,我们回去吧。"

我说:"你不等护士长出来?"

她说:"不用等,她会马上来的。她已经习惯了,经常被我们半夜叫醒。"

果然,我们刚回到科里,护士长卓玛就来了。卓玛一来就上了等在那里的救护车,到附近的采血点采血去了。小殷告诉我,他们医院每次输血时都是现去采集,因为没有好的储存设备。医院为此在当地建立了一个比较固定的献血人群,以备急用。

卫生车消失在黑夜里。我想象着汽车开进寂静的村落,一些村民从睡梦中惊醒。他们爬起来,披上衣服,纷纷到车上去献血,他们一定都是些健壮的村民。他们也许会问,是谁受了伤?也许不会问。已经习惯了。或者他们根本就还在睡梦中,在睡梦中就将他们的鲜血融入他人的身体,挽救一条生命。

我为这个想象感动,想说给小殷听。回头看,见小殷正伏在桌上，急匆匆地为那个伤员办理住院手续，我一下觉得自己真是个局外人。对小殷她们来说，这也是稀松平常的事了。只需要工作，不需要想象。

我凑过去看，看见了那个伤员的名字和部队代号。我随口问："这个部队在哪儿？"

小殷说："在羊卓雍湖那边。"

我心里一惊，又问："那边就他们这一个部队吗？"

小殷说："好像是吧。"

我一下有些兴奋，羊卓雍湖！真没想到。

小殷说："你去过？"

是的，很多年前我去过。

那是我第一次进藏，从拉萨到日喀则的新公路还没修好，只能走一条土路，那条土路就要经过羊卓雍湖。那可真是条名副其实的土路，不仅车外尘土飞扬，就是我们坐的吉普车内，也弥漫着灰尘。我们的嘴里鼻孔里全都是土。后来我们四个人，加上司机，停车在湖边吃了一顿午饭，是干粮和罐头。如果不是留下了一张照片，我就把这事给忘了，我是说在湖边吃午饭这件事。照片上的我手上拿一把小刀，是用来当筷子的。

但我之所以感到兴奋，不是因为我曾经去过羊卓雍湖，而是因为一个女人。这个女人是我的女友。她听说我经常去西藏，就拜托了我一件事，要我在方便的时候，替她打听一个人。一个男人，一个她曾经爱过的男人。她说她已经和他失去联系多年了，只知道他进了西藏，在羊卓雍湖某部队当军医，其他一切概不清楚。

可是我此次进藏，所有的行程都不经过羊卓雍湖，新路修好后，去日喀则已用不着走那条土路了。所以女友拜托我的这件事，就被我搁了下来。这个小战士的突然出现，让我突然想到，会不会在偶然之间，就打听到了他呢？

这就是我兴奋的原因。我忙问小殷："送伤员来的人呢？"

小殷说："到食堂吃饭去了。他们为了赶路，一直没吃晚饭，饿坏了。"

"是什么人？"我又问。

"好像是他们部队的军医。"

军医？对呀，既然是送伤员，肯定是军医了，我怎么就没想到呢？这下我更兴奋了："那个军医叫什么名字？"

小殷说："不知道，我没注意。怎么了？"小殷终于感觉到了我的异常。

我说："没什么，我想打听个人，也是个军医。"

小殷哦了一声，没太在意，我也就没往下说了。毕竟这是女友的心事，我不便到处张扬。我开始等待，等待那位军医，略有一些焦急。

女友和这位军医，读大学时在一个城市，但不在一个学校。她念的是师范,军医念的自然是医学院。军医比她高一个年级,因为两人是同乡,彼此的父母认识。父母就让军医多关心帮助她。军医是个好男孩儿,很听大人的话,每到周末就去关心一下她,比如带她看电影,带她吃饭。有时军医班上搞活动,他把她带上。军医是班长,且成绩很好,个子高大,相貌英俊,总之具有让女孩子动心的一切优点。我的这位女友自然而然就生出了爱慕之情。可要命的是,军医已经有了女友,像他这么优秀的小伙子是不可能闲置的。我刚才说他带她去这儿去那儿,有个前提,常常是和女友一起带着她的,好像她是他一个丢不下的小妹。我的这位女友就很痛苦。

"那时候我就只有暗恋他。"这是女友的原话,"一直暗恋,没有勇气表达,也没有机会表达。我很惨哪!"

女友告诉我时,满脸笑容,她夸张地说:"我们这种人,只有暗恋的份儿啊。"

我知道她能够这么无所谓地说出来,证明此事带给她的伤害已经过去了。她是个既漂亮又聪明的女人,还有一份儿助长优越感的工作,伤害男人的可能大大多于男人伤害她的可能。我也就没去安慰她。我只是说,如果你现在见到他,会对他说起这段感情吗?她说不,当然不。说出来就没意思了。不如留着回忆。从这句话你就可以看出,她是个聪明女人。

尽管她不打算对他说起这段感情,我还是希望能够找到他,让他们恢复联系。让他们曾经动人的感情有个更动人的延续。我就是这么个人,对所有美好的爱情都很热衷。任何时候我都喜欢看到有人相爱,喜欢听到感人的爱情故事发生。也许我爱爱情。

我想我如果在这样一个夜晚打听到了那个军医的下落,我那位女友一定又会夸张地移动她漂亮的五官的。

等了好一会儿没消息,我有些坐不住了。我对小殷说:"他们怎么吃那么长时间的饭啊,要不我们上手术室去看看?"

小殷说:"我这儿走不开,要不你自己去看看?就在二楼。"

我就上二楼去了。手术室黑着灯,显然手术已经完成了。可伤员送到哪儿去了呢?我想找个人问一下,却四下无人。

我一间一间病房找,终于在走廊尽头,发现一个亮着灯的房间。我走过去,一个护士正好出来,我问,今晚送来的那个受伤的小战士呢?护士说,就在这儿。我进去,见小战士躺在床上,身上插满了各种管子,输血的,输氧的,导尿的。让人看着心悸。床边还趴着一个人,一动不动,好像睡着了。

这时一个老兵走进来。我问他,你们是某某部队的吗?老兵说是。我又说,你们那儿有没有一个叫 A 的军医?老兵朝床边那个人努努嘴说,他就是啊。

他是 A 军医?我就像小说里写的那样,吃惊地张大了嘴。老兵说,对呀,去年才调到我们卫生队的。

我万分惊讶,或者说万分惊喜。尽管事先有一种预感,但真的不出所料时，我还是惊讶得有些心跳。这样巧合的事，是需要天意的。用我一个作家朋友的话说，是需要上帝插手的。我毫不掩饰我的惊喜，我说太巧了，我就是想找他呢！老兵有些疑惑地看着我，我连忙主动介绍说："我的一个好朋友和你们A军医是同学，很多年没联系了，托我打听他呢，没想到在这儿碰上了。"

老兵释然了，但并不和我一起惊喜，也许他觉得这很平常："原来是这样。等会儿他醒了我就告诉他。"

他醒了？意思是我现在还不能叫醒他？我不解。老兵看出来了，说，他太累了，刚才吃面的时候就睡着了。让他再睡一会儿。这我相信，在我们说话的过程中，A军医始终没动一下，睡得很死。可是，我真的想马上叫醒他，告诉他我的感受，也看看他惊喜的样子。

但我终于没叫醒他。我留下一张条子，上面写着我的名字和大概事由，还有女友现在的单位和电话，就离开了。我一再嘱咐老兵，他一醒来就告诉我，我要和他说个重要的事情。

回到外科值班室，见小殷坐在炉子边上看书，我马上就和她说了我的巧遇，小殷说这么巧？我说可不是，简直出乎我的预料。小殷在看一本教材，马上要考职称了，但她还是放下书来和我聊天。

她说："你女友和那个军医，他们谈过恋爱吗？"

我说："没有。"

确实没有。准确地说，爱过，但没有谈过。

我忽然想到个问题，说："小殷，我想问你个事儿，可能有点儿冒昧。"

小殷说:"没关系,你问。"

我说:"刚才你跟我说的那个冻伤的军医,原来你们在一起学习的时候,他喜欢过你吗?"

小殷好一会儿没说话,说出来的却是答非所问。她说:"两个人都在西藏,成家以后麻烦太多了。"

我有些明白她的意思了,仍期待着她再说点儿什么。

"对孩子特别不好。"她又说。

我仍没有说话。

"如果不是我们家反对的话,我们就结婚了。"她终于说。

这似乎在我的预料之中。我说:"那你看到他冻伤的时候,怎么想?"

"我有些后悔。"小殷说,"也许他和我结婚,就不会冻伤了。"

"为什么?"我问。

她说:"不为什么,当时就是这么想的。"

我看出了她的难过,尽管她的语气很平静。

我没再说话,心里也难过起来。我忽然想,在这样一个春寒料峭的夜晚,我竟一下遭遇了两个军医的爱情故事。尽管我前面说,我喜欢爱情故事,但并不排除我会为爱情难过。

我不是个坚强的人,难过的时候我总想逃避。可我不知该怎样逃避。

也许我只能逃开这个话题了。

我说:"刚才我上去,看见那个受伤的小战士浑身插满了管子,他脱离危险了吗?"

小殷说:"眼下生命危险倒是没有了,但很惨。"

我问:"怎么了?是不是要成残疾?"

她叹息说:"还不是一般的残疾,他把睾丸压碎了,也就是说,他这辈子再也不可能生育了,也不能如常人那样过性生活了。"

是这样!他才十九岁啊,就在突然之间改变了一生的命运。他还能遭遇爱情吗?他的父母还有别的孩子吗?他醒来之后,发现这一切时,会是怎样的心境呢?

我发现本来我是想逃避难过的,但却陷进了另一个难过。这一回无处可逃了。

小殷见我不再说话,以为我困了,就说,你去睡一会儿吧。我看看表,凌晨一点半的样子。我说算了。她说:"去吧,那边有个我们平时休息的房间,白天是向阳的,不太冷。我给你找两床干净被子,你可以睡上几小时,七点钟我叫你。"

她这么一说,我还真困了,连打两个哈欠,眼泪也出来了。我说,那我就去睡会儿。如果A军医来了,你就叫我。小殷说好的。

脚上暖着小殷给我灌的满上热水的输液瓶,我很快就进入了梦乡。一觉醒来时,走廊传来一阵嘈杂。我拉开灯看表,七点多了,不明白小殷何以没有叫我。我连忙爬起来穿好衣服走出去，见小殷一如我睡前的样子，坐在值班室里看书，好像我离开的只是一瞬间。

她抬起头看见我，说："怎么起来了？我还想让你多睡会儿呢。"我说你一直在看书？不困吗？她说习惯了。我忽然想起 A 军医，问小殷："那个军医呢？还在睡？"小殷说不知道，他一直没来过。

我觉得不对劲儿，马上咚咚咚地跑上楼去了。

跑到那间特护室，我看见那个小战士仍插着各种管子躺在那儿。但守在他身边的已不是 A 军医，而是那个老兵了。我连忙问："你们 A 军医呢？"

老兵说："走了，四点钟走的。"

我大吃一惊："怎么走了呢？他不知道我要找他吗？"

老兵说："知道，我告诉他了。"

"你把我的纸条给他了吗？"

老兵说："给了。"

我很失望，怎么会这样？早知如此我就不睡觉了。

老兵从上衣口袋里拿出一张纸条，说："喏，这是他留给你的。"

我连忙接过，打开看，上面是龙飞凤舞的一行字：

对不起作家，来不及和你见面了，我必须八点以前赶回部队，没其他医生了。谢谢你，我会和她联系的，也请你把我的电话和地址转告给她。

后面就是他的电话和地址。

我想,总算还留下了电话和地址。

我放好纸条,走过去看小战士,看这个十九岁就遭遇了重大挫折的孩子。不知是不是麻药的作用,此刻他的脸上毫无痛苦的表情,安详,平和,充满稚气。我心里默默为他祈祷着,然后默默地离开了病房。

太阳升起来了。尽管是在西部,太阳还是升起来了,把天地照得通明。1998年5月28日的夜晚就这样过去了。这个夜晚发生了多少我没有想到也无法重复的事情啊。但在这之后,一切依然那么平静。

我走出医院,到街上的邮局给我远在北京的女友发了一张明信片。我简单地告诉她我昨夜的遭遇,最后我说,我是因为你才遭遇这个夜晚的,但这个夜晚对我来说,其重要性已经超过你了。我把一张小小的明信片写满了,然后意犹未尽地丢进了邮箱。

丢进去后我才想起,我忘了写上那位军医的地址和电话。

一本书的幸福

去年夏天，我们军区战旗报社的余青编辑转给我一篇稿子，我一看，作者是一位刚刚进藏的青年军官。他说他上军校时读了我写的《我在天堂等你》一书后，深深被文中的主人公所感动，立志毕业后进藏，做一名守卫边防的西藏军人。现在他真的实现了自己的诺言，已经到了西藏错那边防。他在文章中说他对自己的选择不悔，他愿把自己的青春年华献给军营，献给高原。有意思的是，他的名字就叫高原。

我看了文章后又高兴又不安。作为一名写作者，当然希望自己的作品能对人们产生影响，我自己就是在书本的影响中长大成人的，我想我现在的生活态度情感方式，都是与我青少年时代读过的那些书分不开的。但毕竟是这样大一件事，影响了他终生的选择，我还是有些担心，我怕他受不了高原那份苦，后悔或者消沉。毕竟理想与现实是有很大差距的。

我照着稿件后面留下的电话号码打了过去，接电话的正是高原。他一听是我非常高兴。他说他曾经见过我，是到我们编辑部送稿子的时候。他一说，我隐约想起一位高个子小伙儿，喜欢篆刻和书法。我说我看了他的稿子很感动，不知他现在的情况如何，有没有什么需要我帮助的。他说他一切都好，明天就要下到边防连队去了。他又说他也很感动，当他被西藏军人感动而进藏时，许多人又被他的行为所感动，纷纷打电话或写信给他，支持他关心他。我说是的，你的选择的确是让人钦佩的。不过你要有思想准备，这样的选择不是靠一时的热情能坚守的。特别是寒冷的冬天就要来临。他说他知道，他一定会努力坚守下去的。最后我再次问他需要什么吗？他犹豫了一下说："你能不能再给我寄一本《我在天堂等你》？我在学校买的那本被团里的一个副政委借走了。"

我说："没问题，我马上给你寄。需要别的什么书也告诉我，我帮你买。"我知道在西藏部队，书是最宝贵的。

冬天来临时，高原寄来了他的第二篇散文《生命的感动》，写的是他下边防连队的所见所闻，他在文章中说："短短的三个月里，我在这里真真切切地感受到了历史的厚重、领土的神圣、青春的可贵乃至生命的内涵。都说'男儿有泪不轻弹'，然而身高一米九三、被称为'全团第一高'的我，已不止一次地流下滚滚热泪，不为别的，只为那一群来自四面八方、以钢枪为伴、与寂寞为友的边防军人！"文章真情流露，感人至深，我把他发在了我们《西南军事文学》上。

高原得知后很高兴，打来电话，又跟我谈了许多感受。我心里默默地为他感到欣慰，每次打电话他从没叫过苦，总是说边防官兵如何如何。我相信他同样面临着高寒缺氧的折磨，同样面临着孤单寂寞的痛苦。虽然我没去过错那，但我知道那里相当艰苦。四季无夏，5月仍飘着大雪。没有植被，更没有树。但从高原的声音里，我听见的总是阳光般的笑声。

说到最后，高原又提到了那位借他书的副政委，副政委姓郝。他说我们郝副政委今年夏天要出来，路过成都时想见见你，并要一本你签名的书。我说好的，我一定给他。一直以来，凡西藏官兵要我的书，我都会尽力满足。但有些奇怪他为什么一定要见我？

8月，余青告诉我郝副政委到成都了，我就带了一本书和余青一起去招待所看他。路上余青说，郝副政委写了很多关于西藏的文章，光是她那儿就收到不少他的稿子。他似乎对西藏情有独钟。见面后我才知道，郝副政委原是国防科技大学的干部，去年夏天到西藏边防代职，现刚结束准备经成都回长沙。他已经整整一年没回家了，一起代职的同志都迫不及待地转飞机走了，只有他在招待所住下来等着见我们。他说如果不见到我，不和我谈谈他在西藏的经历，他会终生遗憾的。所以他特意打电话给妻子，解释了推迟回家的原因，妻子非常理解他。

于是我们就坐在空调凉爽的茶室里，听他说遥远的西藏。

他说他刚进藏时对环境非常不适应，从大都市来到雪域高原，不仅要忍受缺氧的折磨，忍受天寒地冻，还要忍受精神的寂寞，生活的单调，忍受一切的一切，那时他简直觉得度日如年，是在熬日子。一想到要在此地待上整整一年他甚至感到了绝望。后来高原进藏来到了他们团，他和高原谈话时，高原提到了那本书。他很好奇。是一本什么样的书让这个年轻人做出了这样的选择？来到了这个一般人避之唯恐不及的地方？于是他让高原把书借给他看看。

他说他一看就放不下了，无数个孤独的夜晚，他就是在这本书的陪伴下度过的。他说他一连看了三遍。他说毫不夸张地说，那些日子他就是靠这本书挺过来，振作起来的。他说他振作起来后感觉像换了一个人，不但积极投入到了工作中，还拿起笔来写了一篇又一篇的文章，写官兵们的事迹，写自己的感受，写雪域高原的情怀。他说他由此度过了非常充实的一年，而这一年，将会影响他的一生。

我听了他的诉说久久说不出话来。我为我的书感到幸运。书在这样的读者身边待着是一种幸福。因为他们不仅仅把它视为书，还把它视为朋友，视为粮食，视为伴侣，视为知己。书的幸福就是作者的幸福。我郑重地为他在书上签了字，送给他，并向他表示真诚的感谢，是他让我再次感受到了作为一名写作者的幸福。

他走后不久，是国庆节。我接到他从长沙打来的电话，他告诉我他已经走上新的工作岗位了，生活又有了新的开始。我向他表示祝贺。他说，他现在非常想念西藏，但周围没人能理解。那天他和妻子去转商场，看着满街的繁华和热闹，忽然就想起了西藏，想起了错那，想起了那儿的官兵，他们却无法享受到这一切，他当时站在柜台前就泪流满面，把妻子弄得莫名其妙……

电话这头，我的泪水也涌出了眼眶。

后记：这篇文章在军报发表后，一位年轻军医看到了。他也是从长沙国防科技大学进藏代职的，进藏时刚刚结婚，尚未举办婚礼，所以觉得更加难熬。他和妻子每天晚上都要通很长的电话，以慰思念之情。年轻的军医看到这篇文章后深受感动，在电话里告诉妻子，让妻子去买这本书。可妻子跑遍长沙所有的书店都买不到。想到丈夫那么渴望，她鼓起勇气去找我文章中写到的郝政委，向郝政委诉说了丈夫的请求。郝政委很感动，当即答应把书借给他们看。但郝政委说，上面有作者的签名，得还我啊。妻子答应了。于是每天晚上，妻子就在电话里给丈夫读书，每次读一小节。有时要出差就提前多读一些。每次读完，他们就一起讨论一会儿，丈夫渐渐变得开朗了，他们两人的情绪也好多了。在读到第203页时，妻子感冒了，嗓子很疼，于是停了一天。就在那一天，这位妻子给我写了一封很长的信，讲了关于这本书的来龙去脉，她请求我送一本书给他们，作为他们夫妻的重要收藏。我还能说什么？马上回信，寄书。现在我还保留着这位妻子的信。事隔多年，军医早已回到内地和妻子团聚了，说不定他们已经有了孩子。但他们留给我的感动，永存在我的心中。作为一个作家，自己的书能被读者如此分享，书很幸福，我也很幸福。

黄连长巡逻记

吃过晚饭，黄仕刚听见营长赵灿军叫他出去走走。黄仕刚想，肯定是跟他商量这次巡逻的事，连忙小跑两步跟上。营区四周没有一条平坦的路，不是上坡就是下坎，但两个人的速度都很快，不像散步，像行军。不知不觉就走到了吊桥上。吊桥下是汹涌的怒江，江两岸是险峻的山峰，一边是高黎贡山，一边是碧罗雪山。桥面微微晃荡着，仿佛被滔滔江水的吼声震到了。走到桥中间，赵营长停下，探身向桥下望去，同时招呼黄仕刚上前。黄仕刚稍稍迟疑了一下，上前，用手扶着吊桥的护栏。赵营长非常敏锐地说，你有恐高症？黄仕刚立即否认：没有。赵营长说，那你能不能不扶护栏？黄仕刚顿了一下，把手背在身后，探头向桥下看去。尽管他努力克制着，脸色还是有些发白。赵营长看出来了，他的确有恐高症，但还不严重。

赵营长这次到他们三连，是专门为组建巡逻队来的。其实作为一个边防连，巡逻是家常便饭。尤其是他们三连，驻守在怒江州贡山县，是云南省距省会最远的边疆小城。全连官兵肩负着守卫172公里边防线的艰巨任务。故每月都有八个边防日，专门用来巡逻。

但这次巡逻不一样，这次他们要去的，是几个非常不易去到的界碑，全都在高海拔的山顶。尤其是43号界碑，在海拔4160米的德纳拉卡山口。那里方圆两百公里都荒无人烟。每年10月到来年5月，大雪封山，6月雪刚化，雨季就来了，泥石流山体滑坡随时发生，整个自然环境非常恶劣。故全年只有9月中旬到10月中旬可勉强通行。他们必须抓紧这短暂的时间，去43号界碑巡逻。

由于任务艰巨，这次巡逻惊动到了云南省军区，惊动到了怒江军分区。两级军区专门开会研究，反复讨论，制定方案，确定人员。态度坚决而又慎重。最后，确定巡逻时间为9月19日。一线总指挥为分区副参谋长董代尧。而副总指挥，就是独立营营长赵灿军。

赵灿军是大理人，白族，但又黑又瘦，与白丝毫不沾边儿。赵灿军几次到三连，亲自挑选参加执勤分队的人员。要体能好的，心理素质好的，适应性强的，五公里越野成绩优秀的，并且参加过两次以上巡逻的。这么几个条件筛下来，选上的全是尖子了，比如二班班长贾福林，一班班副李成龙，通讯员刘福川，卫生员何洪永……至于分队长，他首先想到的，肯定是连长黄仕刚。

黄仕刚1986年生人，老家云南迪庆。毕业于昆明陆军指挥学院，军事素质非常好，管理能力也很强。在当三连连长之前，他是二连副指导员。黄仕刚虽然才二十七岁，但自六年前军校毕业分配到怒江军分区后，军分区所属的三十块界碑，他已经走了二十块，算得上"老边防"了。黄仕刚自己也觉得，是铁定要参加这次巡逻的。一个连有几个连长？一年有几次这样的任务？他连长不参加像话吗？

但他心里隐隐担忧的，就是这个恐高症。刚上军校时他就发现了自己这个弱点，不管是跑还是跳还是投掷，所有训练科目他都没问题，但只要一登高，他的成绩就会弱下来。比如障碍跑里的平衡木，翻高，虽然也能完成，但总是差一些。这么些年来他一直在暗中锻炼自己，克制自己，甚至骂自己：你一个边防军人，藏族汉子，哪有资格得恐高症？

没想到竟然让营长看出来了。也许赵营长早有察觉，有意把他领到吊桥上考他的。黄仕刚急得当即在吊桥上立正：营长，我没问题！我能克服！

营长严肃地说，这次巡逻的点都在高海拔地区，有几段路程就在山脊上，有恐高症根本没法过。你是连长，不但要自己过去，还要带领战士们过去。你跟我说实话，行吗？

黄仕刚说：行！我能行！我一定会克服的！

黄仕刚的声音几乎被怒江的吼声吞没，但他坚毅的目光已经感染了赵灿军。赵灿军像兄长一样拍拍他肩膀，让他蹲下来。赵灿军生于1980年，也是个八零后。他让黄仕刚从桥缝儿往下看，耐心地说：关键是不要紧张，不要回避，越是怕越要有意识地锻炼自己。我查过资料，恐高症是可以克服的。我相信你。

黄仕刚睁大眼睛去看桥下的汹涌波涛，一阵眩晕伴随着一阵恶心。他用毅力控制着，但脸色煞白。从那天起，黄仕刚就给自己增加了一个训练科目：专门上那些又险又高的地方往下看，跟自己过不去。从一次十分钟，到一次二十分钟，逐渐加时、加量……

当然，黄仕刚知道，要完成这次巡逻，仅仅克服恐高症是远远不够的。巡逻人员确定后，他们开始了非常具体的准备工作。一次次在图上作业，一次次去实地调研，一个点一个点地摸情况，因为山体滑坡，河流改道，每年地形都在发生变化。各种比例的图纸反复琢磨，地形、气候，乃至风土人情都要烂熟于心。参加巡逻的二十名战士，更要进行适应性训练、野外生存训练。黄仕刚脑子里就一个念头：越是困难的巡逻任务，越是要圆满完成。

黄仕刚没当兵之前，从宣传画中看到过解放军叔叔巡逻。画面上常常是这样的：一队战士穿着整齐的军装，戴着栽绒棉帽，手握钢枪，昂首挺胸，迎着朝阳行进在皑皑白雪的边境线上。但自打他参加过真正的巡逻后，就知道巡逻是没有那么好看的画面感的。尤其是在云南边关巡逻，经常要穿越荆棘丛生、沟壑密布的山林，巡逻的战士很难迈开大步，更不能昂首挺胸。他们往往需要手脚并用，需要走一步看一步，甚至走一步开凿下一步，拽树枝、捆绳子。用狼狈来形容也不为过。说点儿细节吧。比如，一脚踩进泥淖里，拔出脚继续走，等鞋干了就满鞋是沙，满脚血疱；比如，一口被毒蚊子咬了，眼睛迅速肿起，连路都看不清；比如，蚂蟥成群结队袭击，把风油精全涂抹到身上都不管用；比如，雨下个没完，军装湿透了，刚刚被体温烤干又湿透了……

可是不管有千难万险,每个战士都想去,生怕去不了。选上的战士,就跟中了大奖一样高兴。黄仕刚笑眯眯地看着他们,他是中大奖的老大。

终于到了出发的日子。出发前的晚上,黄仕刚给迪庆老家的父亲打了个电话,告诉父亲,明天一早他就要带领执勤小分队去最远最高的界碑巡逻了。往返大约六天,暂时不联系了,回来再打电话。藏族老阿爸没有说更多的鼓励话,只是简短地说:我会为你和你的战友们烧香祈祷的。

黄仕刚很感激父亲。虽然他嘴上说,没事,不用担心。心里却无法不担心。毕竟,这次的巡逻非同一般,是往高海拔地区走,他们的驻地海拔约1500米,他们要上到海拔4100米的雪山。仅仅海拔落差就有近三千米,还要越过十八条河流。他担心的不是自己,而是可能发生的意想不到的困难。虽然已作了多种预案,心里还是不踏实。自来到怒江,每次黄仕刚带队巡逻,都遇到了恶劣天气。不是下雨就是下雪,或者大雾,或者泥石流。他总觉得老天爷特别喜欢给他出难题,为难他。

不过,当第二天一大早,黄仕刚集合起执勤分队,下达出发令时,战士们从他脸上看不到一丝阴影,他的声音和笑容都充满了自信。当司令员大声问:同志们有没有信心完成任务?他和战士们一起响亮地回答:有!

现如今,我军的装备已大大改善,有了相当给力的巡逻车。但巡逻车并不能去到每一个界碑，或者说，公路并不能通到每一个界碑。比如43号界碑。当执勤分队乘坐巡逻车，翻过高黎贡山，沿独龙江公路抵达迪正当村后，就无法再享受四个轮子了，必须徒步开进。而这个时候距离43号界碑还有70千米，这70千米是地图上的直线距离，真正走起来得加上一倍。何况，由于路途遥远，每个官兵除武器装备外，还要背负几天的干粮和水，背负宿营用具，背负开路工具，背负氧气袋，等等。每个人的负重都在三十五公斤以上。若是通讯员卫生员，还要加上电台和药箱，更重。

准备了那么久，等的不就是这一天吗？黄仕刚和战士们信心满满地出发了。

第一天很顺利，傍晚按时抵达了第一个宿营地白马村。说是村，并没有村落，他们就在山里以一棵大树为中心，安营扎寨。按预定方案，第一天的路程不能太长，作为先期适应。第二天再加大力度，作为极限考验；第三天再放慢调整，作为耐力考验。从后来的情况看，这方案很英明。

第二天他们开始向卡贡瓦出发。从白马村到卡贡瓦，海拔高度要从1200米升到2600米，其间要翻越五座大山和数条河流。相当艰难。老天爷果然开始"为难"黄仕刚了，下雨，下雨，他们一直在雨中跋涉，脚下的路越来越滑，越来越烂，稍有不慎就会摔倒，行进的速度不得不减慢。黄仕刚心里暗暗叹气：雨季都结束了，怎么还下个没完？难道真的是我运气不好？他忍不住叹道：天意啊。

黄仕刚的叹息声刚落,走在他身边的两个战士就老三老四地学舌道:天意啊,天意啊。黄仕刚立马意识到,不能让这种情绪弥漫。他很霸道地吼了一嗓子:从现在开始,谁都不许再说这句话!

大家就憋着一股劲儿往前走,就不信战胜不了老天爷。平时常说的那两句话,"不能把国土守小了,不能把界碑守丢了,"已经化作了眼前非常具体的每一步,每一步。终于,在天黑前,他们到达了第二个宿营点卡贡瓦。

黄仕刚松了口气,但仅仅是松了一口气,他就被剧烈的胃疼袭击了,瞬间脸色苍白,冷汗直冒,直不起身子。营长赵灿军在一旁看着真是心疼,估计他是一路上吃干粮喝冷水导致。黄仕刚很生自己的气,恐高症没发作,胃病却发作了,太不争气了。他倔强地不肯休息,吃了卫生员给的止疼药,就忍痛和战士们一起搭建宿营地。一个多小时后,胃疼败下阵去。

第三天,迎接他们的是更加艰难的路程:先要登上海拔3700米的担当力卡山,再要经过冬雪融化后形成的沼泽地,然后向海拔4200米的白马拉卡山进发。沼泽地如死亡陷阱,步步惊心。赵营长不得不亲自拄着一根树棍在前探路,不断发出指令,走一步让战士们跟一步。两百米的沼泽地,他们走了整整四十分钟。每个人的衣服都湿透了:那是由冷汗和热汗一起浸透的。

裹着被汗水湿透的军装,再向海拔4200米的白马拉卡山进发。所有的人,包括黄仕刚在内,体力都已到达了极限。偏偏高原反应袭来，个个胸闷气短，脸色煞白，有个战士还晕了过去。黄仕刚虽然没有晕倒，也明显感觉到了高原反应，脚好像不再是自己的，人也有些恍惚，仿佛大脑一片空白。他努力站稳，定了定神，暗暗告诫自己，这种时候，自己绝不能出状况！有时候，人的意志真的很管用。黄仕刚一口氧气没吸，就挺过了高原反应。他的意识很快恢复了，在和赵营长商量后，决定为减少高原反应从山下绕行，宁可多走四五公里路。傍晚，终于到达了第三个宿营点，拉达节。

脱下靴子，每个战士的双脚都是血疱。因为被泥浆灌满的靴子，摩擦力很大。战士们睡下后，黄仕刚跟着赵营长，捡起一双双靴子放到火堆旁烘烤。瘦小的赵营长绝对有着大哥的风范。他说，晚上烤干了，明天他们就可以穿上干爽的靴子走路了。

9月23日，登顶的日子到了，就要抵达43号界碑了。

山中大雾笼罩，能见度很差。经卫星定位系统测定，43号界碑就在他们前方几公里之外的德纳拉卡山口。一线指挥部决定把最后的任务，交给黄仕刚去完成。

出发前赵营长对黄仕刚说：我要你记住两点，去的时候你要走在最前面，给战士们带路；回来的时候你要走在最后面，确保每个战士都在你前面，安全回到营地。

黄仕刚大声回答：是！

黄仕刚知道，最后的考验到了。不仅仅是要登上4160米的德纳拉卡山口，还要在登上德纳拉卡前，经过一道山脊。那山脊两边都是悬崖，宽不到90厘米。每年只有在冰雪融化后才能勉强通过，是典型的刀脊背。那天天气依然不好，刮着四五级大风。稍有不慎，就会从刀脊背上掉下悬崖。

黄仕刚先率战士们用绳索固定好两头，然后第一个走上刀脊背。比起训练场上的平衡木，比起怒江上的吊桥，眼下的刀脊背，是没有可比性的真正大巫。一些从来没有恐高症的战士，也感到双腿发软，微微有些打战。黄仕刚却没有丝毫犹豫，率先走了上去。稳稳地，一步步地，过了刀脊背。

事后黄仕刚跟笔者说，真是奇怪，到了那个时候，我完全忘了自己有恐高症。责任在肩，只想着要完成任务，要给战士们做榜样，要保证每个战士的安全。脑子里想的全是这些，没有一点空余想自己了。

黄仕刚第一个冲上德纳拉卡山口，第一个扑向亲爱的43号界碑，他的兵跟在他身后一起扑了上来。他们激动地向指挥部报告，激动地用带来的矿泉水擦洗界碑，然后用红漆重新描摹界碑上的"中国"两个大字……在那一刻，界碑就是他们亲爱的祖国。

站在山口，黄仕刚深深地吸了一口清冽的氧气稀薄的空气。忽然发现，云开雾散，眼前出现了苍茫雄伟的梅里雪山！他故乡的山！尤其是那座被人们誉为神山的博瓦格纳峰，竟在阳光下清晰可见！

望着险峻而又秀丽、灿烂而又神秘的博瓦格纳峰，黄仕刚激动万分。原来，老天爷在给了他种种考验后，没有忘记给他奖励，那是最高的奖励：让他站在最高处，望见家乡，望见心中的神山。

辑二 那时的爱情

樟木的青春

我去过很多次日喀则,却从来没到过樟木。也许我和樟木的缘分深埋在岁月里,不到今天就无法显现。

樟木是中尼边境的一个小镇,也是个历史悠久的通商口岸。海拔只有2300米,青山绿水,完全不像西藏高原。所以一到樟木,我的呼吸就顺畅了,脑子就清醒了。

难怪樟木边防连的最高长官跟我说,我们在这里很幸福。他说的幸福,是相对于他原来所在的岗巴营,那里海拔4700米,完全是一个不宜人类生存的世界。

这位最高长官,就是八零后指导员曹德锋。

曹德锋长了一张娃娃脸,说话总是带着笑意。西藏的紫外线没让他变黑,但已经有了"红二团"。虽然从军龄上说我是老兵他是新兵,但就进藏而言他是地道的老西藏,已经十五年了。我问,你八几年出生的?他看我拿个本子在做笔记,就说,我是八二年出生的,但你就写八一年吧。我问为什么?他说当兵的时候年龄不够,我自己改大了一岁，档案上现在都是八一年了。

在后来的采访中，我又遇到两个为了当兵把年龄改大的西藏军人，想想那些为了当官把年龄改小，小到比弟妹老婆都小的人，真觉得这人和人之间，竟有那么大不同。

如此，曹德锋是十七岁入伍的，而且是背着父母偷了户口本去报名的，并主动要求到西藏部队。那是1999年。说到动机，很简单，一是他三叔是军人，给了他很多向往；二是家里困难，当兵可以给父母减轻负担。当武装部把通知发到他家时，他父母大吃一惊。父亲很生气，母亲却开明地说："去吧，男孩子，闯闯也好。"

可是这个"闯"，却非同一般。在日喀则新兵训练的三个月，曹德锋苦到哭，给父母打电话时哽咽得说不出话来。住土坯房，高寒缺氧，这些都不够列入苦的名册。每天顶着风沙训练，摸爬滚打，也是应该的。要命的是，曹德锋的胳膊和膝盖都受了伤，依然得一瘸一拐地参加训练，怕老兵骂他装蒜。后来胳膊上的伤口化脓感染，血水渗透了棉袄，才得以去卫生队包扎。

曹德锋伸出他的双手给我看，个个指头的关节都偏大。他说，这是在沙砾地上做俯卧撑做的，变形了，恢复不到以前了。

这么苦了三个月之后，甘也没来，新兵训练结束，曹德锋直接被分配到日喀则海拔最高的边防营：岗巴边防营。驻地海拔4700米，是一个我去了绝对睡不着觉的地方。由于文化程度高，人机灵，他被选中当了通讯员兼文书。第二年便申请考军校，去了分区举办的文化补习班（相当于高考班），渴望着通过读军校改变命运。

曹德锋在补习班的学习成绩名列前茅，对于考上军校信心满满。但是，挫折再次降临。组织上忽然发现，他的档案"有问题"。原来，当兵体检的时候，一个医生给他填体检表，把学历写成了初中，曹德锋看到了及时纠正说，我是高中。那位填表的医生满不在乎地随手将"初中"二字涂掉，改成"高中"。就是这么一涂，变成了"档案有问题"。因为，组织上有理由怀疑是他自己改的。

负责补习班的干部很同情他，说给你三天时间吧，你打电话让家里想办法去改过来。曹德锋苦笑着跟我说：我上哪里去想办法？我父母都是农民，我一个当官的也不认识。而且，那个时候通信联络也非常不便，打电话找个人都难。他只好眼睁睁地错过了高考，打起背包回到连队。

听到这里我真是觉得又心酸又生气，那个可恨的医生，真可谓草菅人命啊。一个人的命运，往往不经意地被另一个陌生人掌握着。曹德锋很生气，却没有气馁，于当年年底申请改为了士官。他说我吃了那么多苦，当两年兵就回家，不甘心。

其实曹德锋不甘心的，不仅仅是当两年兵就回家这一点。

成为士官的曹德锋，开始进行他人生的第二场战役，即成为一名军官。既然通过考军校成为军官的路，被档案上一个潦草的涂改堵死了，那他就走另一条路：从战士直接提干。

这条路非常艰难，不亚于攀登珠峰。有几个硬杠杠是必须满足的：入党，当班长，立两个三等功，加上民主评议。曹德锋开始默默地一关一关地过，一个战役一个战役地打。这个农民的儿子，没有任何背景，也没有任何人生导师的指引，全凭一股子本能，开始了攻坚战。当兵第三年他调到了生产营任司务长（相当于班长），连队的生产建设在他的努力下一举成为先进典型，立了一次三等功，并且入了党。接下来，他代理排长，管理有方，工作成绩突出，再立一个三等功。这期间的艰辛和努力，我这一百来个字远远不能表达其中的万分之一。钢铁是怎样炼成的？那本书也许可以替他表达一下。

2005年，曹德锋作为优秀班长，终于直接从战士提干了，整个分区就四名。他终于打赢了这场他主动发起进攻的战役。接下来他一鼓作气，在昆明陆军学院继续战斗。刚进校时，他属于"差生"，身体和体能都赶不上那些野战军来的学员。他就每天晚上晚点名之后，约上两个同是西藏部队的学员到操场上去"加班"锻炼。一个学期后就赶了上去，无论是体能，还是各科成绩，都进入中上，当上了排长。

曹德锋笑眯眯地对我说，当兵十几年，我的体会是，要敢想敢干。认定的事，就全力以赴。像战士提干这件事，我有好几个战友都符合条件，但他们都放弃了，觉得太难。我就是不愿意放弃，一直努力，一直努力。

我笑道，你像许三多。

他说，我没有退路。

提干后的曹德锋，故事还很多。比如在岗巴，他在反蚕食斗争中表现出色，立了功，被提为副指导员。我问他，反蚕食斗争都有哪些具体的事儿呢？他就简单说了些情况，并熟练地背出一些斗争原则。但我再具体追问时，他竟很老练地说，这个不便多说。

哦，我就知趣地不再问了，把话题转移到了男婚女嫁上。不想这竟让他滔滔不绝，原来他找对象结婚的故事，比反蚕食斗争还要复杂，一波三折，曲折漫长。

曹德锋是家里的长子，他还有个弟弟，也学着他的样儿当兵去了，在遥远的新疆。作为长子，一过二十五岁，婚姻大事便成了父母挂在嘴边的"阶级斗争"：天天讲，月月讲，年年讲。当然，曹德锋自己也是当回事的，2008年，他将此事正式列入计划。

他是个有条有理的年轻人。

所谓列入计划，就是尽最大努力去找对象；所谓尽最大努力，就是不管是他自己认识的还是别人介绍的，但凡有点儿可能性的女青年他都去见。这么一努力，他见过的人已经多到记不清具体数字了，没有三位数，至少有两位数，两位大数。

再换一个角度说，从2008年到2010年，三年期间，为了找对象，曹德锋先后去过湖南、湖北、广西、四川、重庆……

曹德锋是陕西汉中人。如此，他差不多把陕西周边的省市都跑遍了，汉中周边的地区更是跑了多处。

看到我惊讶地张大了嘴，曹德锋不好意思地笑说，平日里攒的那点儿钱，全花在路上了。

我说，有这么难吗？

因为在我看来，曹德锋应该算个帅小伙儿，属于北方男人里比较清秀的那种。人又聪明，文化不低，青年军官，不抽烟不喝酒，没有任何恶习。除了家里不富裕，样样都很好啊。

曹德锋摇头说，太难了，太难了。现在女孩子都挺娇气的，一听说我在西藏，不能陪在身边，马上就不愿意了。我们西藏官兵，婚姻太难解决了，有些结了婚又离了。

曹德锋的叹息，让我想起在他之前我采访过的年轻士官吴昊。吴昊为了找对象，还采用了小小的"战术"。

吴昊是贵州凯里人，1990年生。虽说是九零后，也进入第二个本命年了。当我们谈及女朋友话题时，他很高兴地告诉我他已经有了，是个护士，苗族。我说你厉害嘛。他连连说，不容易啊，很曲折的。

原来，吴昊在一次年轻人聚会时，偶然邂逅了年轻美丽的苗族女护士，就动心了，就想追人家。可女护士觉得他太青涩了，当即婉拒。吴昊很沮丧。过了一段时间，吴昊跟班上一男同学聊天，让人家给自己介绍个对象。那男同学就答应了，很快给他介绍了一个。吴昊一看照片，正是那个他喜欢的苗族女护士！竟有这么巧！原来他同学和女护士是一个寨子的老乡。

吴昊很担心再次被拒，就动了下脑子，先不拆穿他们曾经认识，他曾经被拒这一层，只和女护士通过电话和短信交往，在交往中慢慢地展示自己的优点，让女护士了解自己，信任自己，欣赏自己。其中也包括把西藏描绘成美丽的天堂，他在天堂为祖国站岗。

果然，在交往两个月后，吴昊用他的真诚和聪明，征服了这个女孩儿，女护士答应探亲的时候与他见面。见了面，女护士才知道他就是那个她曾经拒绝过的男生。但此时芳心已动，既往不咎。吴昊继续施展的魅力，已将姑娘芳心牢牢抓住。

我问，那现在关系稳定了吗？

吴昊迟疑了一下，说，算是稳定吧。去年探家正碰上我生日，她给我买了蛋糕，我们一起过的。然后还骑自行车去游了花溪，很开心。现在我们每天通电话，一个月要打两三百的电话。毕竟不在一起，离得那么远，她还是会时常抱怨的。

她抱怨的时候你怎么办？我问。

吴昊说，我就不停地安慰她，不停地许愿，请求她理解。刚开始还管用，时间长了，她听腻了，就有点儿不管用了。特别是有时候，我执行任务回来，特别累，她问我干什么去了我又不能说，她就生气，我也没心情哄她。不过站在她的角度想，我也很理解，她也付出了很多。女孩子本来就特别需要陪伴，需要安全感的。所以我打算下次探亲，先跟她把婚事办了，让她心里踏实，我也踏实。

我知道对吴昊来说，组建一个家庭是多么重要，他太需要亲情了。在他不到三岁的时候，母亲就离开了他，在他当兵那年，父亲又病故了，他唯一的亲人就是他的奶奶。

吴昊是一级士官，已经当了班长，各方面表现都很出色。我问他打算在部队干多久？他说现在还在纠结呢，一方面想回去陪家人，一方面又舍不得离开连队。

我非常理解他的纠结。对他来说，找到一个对象不是件容易的事。

在边关，在樟木连队，像吴昊这样的士官，没有对象的比比皆是。他们都是非常好的青年，却"藏在深山无人识"。

比如1988年出生的徐波，就没有对象。他已是三级士官，老班长了。所以他跟我聊的最多的是工作、巡逻、潜伏、执行急难险重的任务等。言语中充满了自豪感。

他们连队所担负的巡逻线共有七个界碑，他全部都到过。其中最艰辛的54号界碑他去过十次。最远的57号界碑，在海拔5300米的雪山上。他说去57号界碑巡逻，必须是军事素质特别强的战士，因为要经过原始森林，完全没有路可走，要一路走，一路用砍刀开路，非常艰难。有一次，有个头回参加巡逻的新兵，走到半路因为体力透支脱水了，晕倒在路上，完全不能再走。他们几个战友就轮流背着他，坚持完成了巡逻任务。这成了徐波最深刻的也是最骄傲的记忆。

徐波说，无论怎样艰苦，每当走到边境线上，站在界碑旁进行主权宣誓时，我和战友们，总是充满了自豪感。

这种自豪感一直延续到探家，延续到跟同学朋友一起聚会，徐波说他从来不因为自己是个大兵而自卑。有时候同学会说，回来吧，边疆有什么好待的，回来和我们一起干。他总是微笑着摇头。

他说我舍不得走，我在部队学到了很多。

我问，学到了什么？

他说，独立生活能力，吃苦能力，遇到困难绝不妥协的能力，还有，健康良好的心态。

是吗？我问，你感觉自己的心态比他们好？

当然。徐波说，我的一些同学，在一起总是发牢骚，抱怨，很不快乐。相比之下我就很充实，很愉快。真的，我们连队是个大家庭，战友们都像亲兄弟一样。每到年底老兵退伍的时候，我心里都空落落的，看到战友们哭成一片都不敢走近。我班里曾经有个兵，刚当兵时吊儿郎当，后来改变很大。走的时候他抱着我痛哭，到现在还经常打电话，说后悔离开了部队。

当我问起找对象这个问题时，徐波告诉我，他谈过女朋友的，而且两三个，但后来都吹了。有时候在一起好好的，等他回到连队没多久，女方就提出了分手。

但徐波很宽容地对我说，我一点儿也不怪她们，因为找我们这样的男人做丈夫，是需要很大勇气的。我就亲眼看到过一个家属来探亲的样子，太艰辛了，让人看着都想哭。

他说的，就是他的老班长的妻子。

某一年阳春三月，老班长的新婚妻子从四川进藏探亲，她请了两个月的假，想好好跟丈夫聚一聚。不料一到拉萨，她就被剧烈的高原反应击倒了，住院整整一个星期。这就耗去了七天。出院后从拉萨到日喀则，又走了三天，加起来就耗去了十天。

哪知当她好不容易从日喀则坐长途车到聂拉木时，遭遇了罕见的春天的暴风雪。大雪整整下了六天，去樟木的路彻底中断。她就在那个荒凉偏僻的小镇上，独自住了半个月。直到四月份道路开通，她才抵达樟木。那时离她出发的日子，已经过去了整整一个月。

我无法想象，如果是我，一个人在那个偏僻的举目无亲的高寒缺氧的小镇上住半个月，会是什么感觉？绝望？伤心？抱怨？还是愤而离去，打道回府？

所以当我听到这里时，一个劲儿追问徐波：那这次探亲有没有影响她和你们班长的感情？她见到你们班长时哭了吗，抱怨了吗？

徐波说，没有。她到我们连队时，我们都跑到门口去迎接她，她见到我们时只说了一句："你们太不容易了！"

在我常常自认为很坚强的时候，总会有人让我自惭形秽。

最后，这个千辛万苦抵达樟木的妻子，只在樟木待了二十天，留下一周作为返回的路程，就告别了丈夫。

徐波说，我一想到班长嫂子，就觉得军嫂太不容易了。

我们还是回到曹德锋吧。

我发现曹德锋这个樟木边防连最高长官，真的是日理万机。我说这话丝毫没有讽刺的意思，在我们聊天的两小时里，他起码接了五个工作电话。连长探家了，他要统管全局。

曹德锋放好电话接着给我讲，当他把解决婚姻大事列入他的人生计划时，他已经二十七岁了。但经过三年的努力毫无成果，转眼就三十了。他着急，父母更着急。他想，看来必须再打一场"攻坚战"了。

2011年曹德锋回陕西探亲，这一次的重点，是一位广西的女老师。他和这位老师已经隔空"神聊"数月了，每个月光是短信都三四百条。彼此感觉都不错，有了一定的感情基础。商量好了见面的时间后，曹德锋就买了车票去广西。哪知因事情耽误没赶上西安的火车，他只好改签下一班。

在西安的这一晚上，他的命运发生了重大变化。先是他的一个远房亲戚打电话给他，说曾经给他介绍过的那个女孩儿从江西回来了，问他见不见。他刚说暂时不见，这边就接到了广西那个女老师的电话，说她弟弟出车祸，很严重，全家都在医院，没心思会面了。她还跟他视频了几分钟，以证实自己没有骗他。至于推到什么时候再见，也没有明示。

仿佛有一只手，在重新安排曹德锋。当时的他又沮丧又茫然。走到一半的相亲路又断了。好在还没有上火车，他就从西安返回汉中了。

此时假期已过去一半，曹德锋不得不整理好心情，打起精神，去见远房亲戚说的那个在江西工作的本地女孩儿。曹德锋想，管它呢，见一面再说。

　　也许是老天开眼，也许是水到渠成。曹德锋和女孩儿一见之下彼此都有好感。曹德锋的那股劲儿又上来了，就是只要是认定的事，一定全力以赴。他加紧展开攻势，利用剩下的半个月假期穷追猛打，终于说服那个女孩儿跟他一起进藏，然后，嫁给他。

　　如今，他们的宝贝儿子已经两岁多了。

　　离开樟木时，我很想替那些优秀的青年军人们大喊一声：姑娘们，我在边关，你在哪里？

世界最高处的艳遇

1997年,有个年轻姑娘只身一人去了西藏,她在西藏跑了近三个月,几乎看遍了所有的高原美景,但离开西藏时,却带着一丝遗憾。因为藏在她心底的一个愿望没能实现。那就是,与一个西藏军人相遇,然后相爱,再然后,嫁给他。

不知是否因为出生在军人家庭,她从小就有很浓的军人情结,曾经有过一次当兵的机会,错过了,于是退一步想,那就嫁给军人做军嫂吧。身边的女友知道后跟她开玩笑说,我们这个小地方可实现不了你的理想,你要嫁,就到西藏去找一个吧。她马上说,去就去,你们以为我不敢吗?她就真的一个人进藏了。

西藏归来,见她仍是只身一人,家人和朋友都劝她不要再固执了,要实现那样的理想,不是有点儿搞笑吗?再说年龄也不小了,赶紧找个对象结婚吧。可她就是不甘心,不甘心。于是三年后,2000年的春天,她又一个人进藏了。

也许是感动了月下老人?在拉萨车站,她遇见了一个年轻军官。

年轻军官其貌不扬,黑黑瘦瘦的,是个中尉。他们上了同一趟车,坐在了同一排座位上。路上,她打开窗户想看风景,中尉不让她开,她赌气非要开。两个人就打起了拉锯战,几个回合之后,她妥协了,因为她开始头疼了,难受得不行。中尉说,看看,这就是你不听话的结果。这是西藏,不是你们老家,春天的风不能吹,你肯定是感冒了。她没力气还嘴了。中尉就拿药给她吃,拿水给她喝,还让她穿暖和了蒙上脑袋睡觉,一路上照顾着她。

他们就这么熟悉了。或者说,就这么遇上了。她三十岁,他二十七岁。

到了县城,中尉还要继续往下走,直到边境,他们就分手了。分手时,彼此感到了不舍,于是互留了姓名和电话,表示要继续联系。

可是,当她回到内地,想与他联系时,却怎么也联系不上。她无数次地给他打电话,却一次也没打通过。因为他留的是部队电话,首先接通军线总机就很不容易,再转接到他所在的部队,再转接到他所在的连队,实在是关山重重啊。在尝试过若干次后,她终于放弃了。

而他,一次也没给她打过电话。虽然为了等他的电话,她从此没再换过手机号,而且一天二十四小时开着。但她的手机也从来没响起过来自高原的铃声。

一晃又是三年。这三年,也不断有人给她介绍对象,也不断有小伙子求爱,可她始终是单身一人。她还在等。她不甘心。

2003年的4月1日这天,她的手机突然响起了,铃声清脆,来自高原。她终于接到了他的电话。他说,你还记得我吗?她说,怎么不记得?他说,我也忘不了你。她问,那为什么这么长时间才来电话?他说,我没法给你打电话。今天我们部队的光缆终于开通了,终于可以直拨长途电话了,我第一个电话就是打给你的。她不说话了。他问,这几年你想过我吗?她答,经常想。他问,那你喜欢我吗?她答,三年前就喜欢了。他问,那可以嫁给我吗?她笑了,半开玩笑地说,可以啊,你到这里来嘛。他沉吟了一会儿说,好的,你给我四天时间,4月5日,我准时到。

她把他的话告诉了女友,女友说,你别忘了今天是愚人节!他肯定在逗你呢。他在西藏边防,多远啊,怎么可能因为你的一句话就跑到这里来?再说,你们三年没见了啊。她一想,也是。但隐约地,还是在期待。

4月5日这天,铃声再次响起。他在电话里说,我在车站,你过来接我吧。她去了,见到了这个三年前在西藏偶遇的男人。她说,你真的来啦?我朋友说那天是愚人节,还担心你是开玩笑呢。他说,我们解放军不过愚人节。

她就把他带回了家。家人和朋友都大吃一惊,你真的要嫁给这个只见过一次的男人吗?你真的要嫁给这个在千里之外戍守边关的人吗?她说,他说话算话,我也要说话算话。

最后父亲发了话。父亲说,当兵的,我看可以。

他们就这样结婚了。

他三十岁,她三十三岁。

几乎所有人都不看好他们的婚姻,不看好这路上撞到的婚姻。但他们生活得非常幸福。这种幸福一直延续到四年后的今天。

今天上午我在办公室见到了她。其实三年前我就见过她。那时我去她所在的小城做文学讲座,她来听课。课后她曾找过我,说想跟我聊聊自己的故事。可当时时间太紧了,我没能顾上。于是,这个美丽的爱情故事就推迟了三年才来到我身边。

当然,比之三年前,故事有了新的内容:他们有了一个来之不易的女儿。婚后很长时间她都没有孩子。为了怀上孩子,她专门跑到西藏探亲,一住一年。可还是没有。部队领导也替他们着急,让她丈夫回内地来住,一边养身体一边休假,一待半年,还是没有。去医院检查,也没查出什么问题。虽然没影响彼此感情,多少有些遗憾。后来,丈夫因为身体不好,从西藏调回了内地,就调到了她所在的城市的军分区。也许是因为心情放松了,也许是因为离开了高原,她忽然就怀上了孩子。这一年,她已经三十五岁。

怀孕后她反应非常厉害,呕吐,浮肿,最后住进了医院,每天靠输液维持生命。医生告诉她,她的身体不宜生孩子,有生命危险,最好尽快流产。但她舍不得,她说她丈夫太想要个孩子了,她一定要为他生一个。丈夫也劝她拿掉,她还是不肯。一天天地熬,终于坚持到了孩子出生。幸运的是孩子非常健康,是个漂亮的女孩儿。但她却因此得了严重的产后综合征,住了大半年的医院。出院后也一直在家养病，无法上班，也出不了门，孩子都是姐姐帮她带的。直到最近才好一些。

她坐在我对面，浅浅地笑着，给我讲她这10年的经历，讲她的梦想，她的邂逅，她的他，还有，她的孩子。

她忽然说，今天就是我女儿一周岁的生日呢，就是今天，9月17日。一想到这个我觉得很幸福。我现在最大的愿望，就是我们一家三口都健健康康的，守在一起过日子。

不知什么时候，我的眼里有了泪水。我不知说什么好，只能在心里默默地为他们祈福。他们有充足的理由幸福，因为他们有那么美好的相遇，那么长久的等待，那么坚定的结合。

她急着去为女儿买礼物，我只好送她走。在电梯门口，当我与她道别时，忽然想起了不久前看的一出话剧，名字叫《艳遇》，讲的是现代人的办公室恋情以及婚外恋三角恋。看的时候我就想，这算什么艳遇呢？以后我一定要写个真正的艳遇。

没想到这个真正的艳遇，突然就出现了。

他们在世界最高处，最寒冷处，最寂寞处，有了一次温暖的美丽的刻骨铭心的相遇。这样的相遇，难道不该命名为艳遇吗？

我想，没有比他们的相遇更当之无愧的艳遇了。

爱情然乌湖

那年六月，我跟着兵站的车队，从雅安出发，经邦达到白马兵站，又前往然乌兵站。这一路路况很好，几乎全是柏油路。也没有依山傍崖的险势，让我觉得不像跑在川藏线上，很奢侈，于是停车下来专为柏油路拍了几张照片。

然乌兵站，自然是傍着著名的然乌湖。然乌湖绵延十几公里，风景秀丽神奇，也很静谧。凡走川藏线的，没有不在此处停留的。2000年我从邦达去林芝时路过然乌湖，留下了很美的印象，也拍了不少照片。这一回再路过，路还是那条路，老天爷似乎换了一个：一直不见笑脸，冷飕飕地在下雨，连着下了好些天，一直下到数天后我们从察隅返回也没停，好像然乌湖倒挂天上了，没完没了地往下渗漏。

雨季毕竟是雨季，出发前兵站贺政委就告诉我，雨水多。不止是多，雨成了老天的主人，住下就不走了。

然乌兵站处在修建之中，原先的老兵站拆掉了，临时在河滩上搭建了一个兵站：一排简易砖房，一排塑料大棚，五个棉帐篷，加上九十车河沙铺就的院子,还有一个可以停放五个车队的停车场——这一硕大的工程,竟是然乌兵站二十七名官兵在九天之内完成的。第十天他们就开始烧水做饭接待过往车队了。

站长李洪笑眯眯地跟我们说,那九天,我们每天都干十几个小时。我咋舌,因为这是在海拔3990米的高原上啊。看到兵站牌子上写着"然乌兵站,海拔3990米",我真替他们打抱不平,我说这是谁测的啊?故意的吧?因为我知道,高原补贴是以海拔4000米为分界线的。兵站的几个人就笑。

整个兵站就我一个女性,只好独占一个帐篷,很有些不安,连贺政委都是和其他人一起睡通铺。但也没办法,女性在军队是少数。帐篷后面就是雪山,教导员李明俊告诉我,那是来古冰川。看我冷,他给我抱来了大衣,还生了炉子。但我坐在帐篷里依然有些不知所措,没有电视,没有电话,甚至没有足够亮的电灯看书。除了傻坐,不知还能干吗。帐篷外是哗哗的雨声,雨声歇息了便是狗吠。

站长李洪和副站长彭刚忙完了工作,就跑来陪我聊天。他们听说我是从军区大院来的,感到很亲切,因为他俩都曾在大院的警卫营当兵。我看他们俩都三十来岁了,就随口问李洪,孩子多大了?李洪说,我还没孩子呢。彭刚说,我也没孩子。

我心里奇怪,想,一定是有什么原因吧?好奇心上来了,反正这天气,就是讲故事的天气。我便一个个问,他俩就大大方方地,先后给我讲了他们的故事。原来,是然乌湖边的两个爱情故事。

1996年李洪从昆明陆军学院毕业，分配到了然乌兵站。小伙子初上高原，一切都还不适应，这时候，一位藏族阿妈到然乌兵站来看望大家了。这个阿妈可不是一般的阿妈，她叫泽仁雍宗，家就在然乌。20世纪50年代初18军进藏时，他们一家都非常拥护解放军。当时还是年轻姑娘的她，也主动为18军当了翻译，以后便嫁给了18军的一个营长。西藏和平解放后，她随丈夫转业回到了内地安徽，但还是常常回然乌湖来探亲。每次回然乌湖探亲，她必到兵站来看望，解放军也是她的亲人。此次她到兵站来，一眼就看到了李洪这个新来的少尉，她拉着他的手问长问短，让李洪心里觉得暖暖的。更让李洪想不到的是，第二年夏天，当阿妈再次到然乌兵站来看望官兵时，身后竟跟着一个年轻漂亮的姑娘，说要介绍给李洪做女朋友。那姑娘不是别人，正是阿妈的三女儿卓玛。李洪非常感动，他是个彝族的儿子，来自云南，人憨厚朴实，也非常敬业。当年就是因为军事素质特别好而被保送到陆军学院深造的。自打分到西藏后，他就做好了婚姻困难的思想准备，没想到竟有"岳母"亲自说媒，为他牵上了爱情的红线。而卓玛从小受妈妈的影响，也一直对解放军情有独钟，对母亲的牵线很中意。

李洪和卓玛经过三年的恋爱——说三年，在一起的时间也就几个月——终于在2000年结婚成家了。卓玛为了丈夫，辞掉工作从安徽来到了李洪的老家云南，与他的父母住在一起。两个人的感情非常好，每天都要打电话，一个月的电话费就是好几百。但因为兵站工作太忙了，李洪已经两年没回家探亲了，卓玛虽然有一半藏族血统，但因为生在内地长在内地，到然乌这样的高海拔地区来很不适应，高原反应厉害。李洪心疼她，不让她多来。所以，两人至今还没有孩子。

我听了安慰他说，你们将来一定会有孩子的，而且会是个非常棒的孩子，你想想，你们是三个民族的结合啊。李洪笑眯眯地点头，似乎早就想到了这一点。我又多嘴说，你们的孩子就叫然乌得了，这名字多有诗意，又和你们的爱情紧密相关。这回李洪连连摇头，说不行不行，然乌在藏语里的意思是魔鬼，因为这个地方灾难很多，每年都有雪崩、泥石流、洪水等。我目瞪口呆，怎么会这样啊？那么美丽的然乌湖，怎么会和魔鬼连在一起呢？

为免去尴尬，我转头看着彭刚说，你的故事呢？

彭刚说，我可没他那么传奇。

李洪马上说，哪里，他就是为了他妻子上川藏线的。

彭刚这才笑眯眯地开始讲他的故事。

1996年彭刚从陆军学院毕业，被分配到兵站部机关工作，在雅安，条件比较好，很快就结婚了。妻子是雅安医院的一个护士，很爱学习，人也很聪明。参加市里的职称考试，技能和理论都考了第一。结婚后，妻子提出想去成都卫生干部学院学习深造。彭刚想应该支持她，他相信她会成为一个好医生。可是去成都读书，开销很大，学费，住宿，加上买书什么的，彭刚当时一个月只有一千来块钱，根本不够用。经过反复考虑，彭刚向兵站部领导提出申请，到高原工作。

如果拿高原工资的话，就可以供妻子读书了。领导非常理解彭刚的想法，很快就批准了彭刚的请求，于是彭刚就从雅安来到了然乌，海拔一下升高了三千米。

在这里一干就是五年。

我问，那现在呢？

彭刚说，现在她已经毕业了，回到雅安医院，当了助理医师。因为她一直在读书，所以我们也没敢要孩子。今年她好不容易请了三个月的假进来陪我，没想到才待了二十天，我们就接到了兵站拆迁的通知，她没法再住了，只好提前回去了。

我说，你为她做出那么大的牺牲，她一定很感动吧？彭刚憨厚地一笑说，没什么，我跟她说了，只要她愿意，就是读硕士我也供。有人跟我开玩笑说，你为了她进藏，把钱都拿给她读书，万一她哪天变心你就亏大了。我说她要真变心了，就算我为国家做贡献了。我想得通。

我笑了，心里却有点儿酸酸的。很想对远方那个学医的姑娘说，这么好的小伙子，你可不要辜负啊。然乌湖见证着你们的爱情。

看着眼前两个脸庞已经黝黑的青年军官，看着他们淳朴的笑容，听着他们的讲述，我再次想，然乌湖它应该是爱情湖，而不是魔鬼湖。就算它偶尔发发魔怔，也一定是因为在很久很久以前，有一位美丽的姑娘，与李洪、彭刚这样善良的小伙子失之交臂了……

这个雨夜，因为爱情，变得温馨而又快乐。

那时的爱情

听过很多爱情故事,唯有这一个,让人唏嘘,让人心痛。

20世纪60年代初,有一个叫马景然的高中生,考入了解放军西安炮校,成为一名女兵。她很开心,不仅仅是穿上了军装,还因为她的恋人也和她一起考入了。或者反过来说,她是跟她恋人一起参军的。恋人叫任致逊,其父母和她的父母是好朋友,两家都是抗战干部,关系很好,他们从小认识,可谓青梅竹马。

他们到部队的第二年,就赶上西藏部队招收外语干部,从他们学校挑选一百名学员进藏学外语。任致逊被选上了,马景然得知后也坚决要求去。领导考虑到他们的特殊情况,也特批她加入进藏队伍。这样,马景然成了那支队伍里唯一的女兵。

年轻的队伍从西安出发,坐火车到兰州。在兰州,他们与从北京选来的另一百名高中生会合了,马景然就成了二百个学员里唯一的女兵。然后他们又从兰州出发,到格尔木,再从格尔木进拉萨。一路上火车换汽车,汽车换步行,风餐露宿,日夜兼程。

那个时候条件非常艰苦，兵站都没有房子，露宿是常事，吃的也很差，还有高原反应，还有寒冷，还有数不清的困难。可马景然一直和所有的男学员一起往前走，和那两百个男学员一起住帐篷、吃干粮，栉风沐雨。每天晚上，她都睡在男学员大帐篷的角落里。没人知道她是怎么解决那些生理上的困难的，没人知道她是怎么适应那个雄性的队伍的，甚至没人听见她说过一句难过的话、伤心的话，或者一声叹息。一切的一切，她都默默地承受着。

到拉萨后，正赶上某边境作战打响，学习的事自然推后，他们全部投入了工作。他俩和一批同学一起，被分配到了俘虏营，做俘虏的教育管理工作。

仗打完后，他们前往建在西藏扎木的西藏军区步兵学校，在那里读书学习。扎木那个地方我去过，在藏东南，海拔相对较低，树木葱郁，氧气也不缺。在那里建学校，肯定很适宜学员们读书。学校开设了英语、印地语、尼泊尔语等专业。教员都是从各个大学和外交部请来的老师专家，马景然是学校里仅有的女学员。住宿仍很困难。当时一个区队一个大房子，房子里两排大通铺。男生一个挨一个。在大房子门口，有两个小储藏室，一边住区队长，一边就住马景然。

整个学校除了她，就还有两个教员的家属是女人了。连个女教员都没有。我不知道马景然是否寂寞，是否孤独？虽然她和任致逊在一个学校，但毕竟是集体生活，他们不可能卿卿我我、花前月下，甚至连单独在一起的机会都很少。我努力想象着马景然在那里的生活，还是很难想象出。我知道她内向，话不多。还知道，她和任致逊都学习印地语，成绩优秀。噢，还知道马景然中等个儿，长得秀丽文静，任致逊则高大英俊，一个帅小伙。

他们在扎木度过了三年时光。尽管有种种的不便和困难，但对马景然来说，那三年是她最安宁最幸福的三年：守在爱人的身边，潜心读书。

1967年，他们毕业了，因为成绩优秀，两个都留校当了教员。我相信这其中也有领导的一片心意，想让他们在一起。于是，他们打算马上结婚。从1961年进藏，他们已经等了六年了，实在该结婚了。

可是就在这个时候，1967年10月，西藏边境局势再次紧张，亚东方向发生了炮战，两人将婚期再次推后，前往部队参战。任致逊直接去了亚东前线指挥所，马景然在西藏军区联络部工作。分手的时候他们重新约定，等这次战事结束后，就结婚。

可是——又一个"可是"，我怎么也逃不开这个可是——任致逊到亚东没多久，就壮烈牺牲了，一发炮弹直落他所在的指挥所，他被击中腰部，当场牺牲。与他一起工作的另外两名同学，一名牺牲，还有一名重伤。

上级将这一噩耗告诉马景然时，怎么也不忍心说任致逊已经牺牲，只说负了重伤，正在抢救。马景然焦急万分，恨不能立即飞到任致逊的身边去。六年了，他们等了六年了。无论如何艰苦，无论如何困难，他们都一直在一起。这回仅仅分开几天，他就出了意外！怎么会这样？他们约好了战后就结婚的啊。

我不知道马景然当时想了些什么，我只知道她从得到消息后就泪流不止。部队马上派了辆车，送她去亚东。车是一辆老式的苏联嘎斯车，那个时候哪有什么像样的车啊。一个干事陪着她，急急地上了路。走的是那条我很熟悉的路，从拉萨出发，过羊八井，再翻越雪古拉山，然后下山，然后到了一个叫大竹卡的地方。

就在那个叫大竹卡的地方，他们的车翻了！马景然因为一路悲伤哭泣，完全没注意到车子发生意外，她坐在后面，却一头栽到前面，额头撞到车前玻璃窗的铁架上，血流如注，当场牺牲。

她真的随他而去了！那么急，那么不由分说。好像任致逊在那边喊她一样，她连"唉"一声都顾不上，就奔过去了。

我听到这里时，惊得目瞪口呆，心痛不已。

唯一能够安慰的是，马景然到死，也不知道任致逊已经牺牲，而任致逊牺牲时，也不知道马景然离开了人世。在他们彼此的心里，他们都还活着。他们只是不约而同地一起走了，共赴黄泉，他们到那边去活，去相爱。也许在他们很少很少的情话中，有那么一句：至死不分离。如果还有一句，是永不失约。

马景然和任致逊牺牲后，双双被追认为"烈士"，一起安葬在了日喀则的烈士陵园。

他们终于在一起了。

他们知道他们在一起了吗？

在马景然的二百个同学里，有一个是我认识的王将军，是他把这个故事讲给我听的。他讲的时候很激动，一再说，这才是真正的爱情，这才是我们西藏军人的爱情。

王将军已经退休，他曾在日喀则军分区当过五年的政委，每一年，他都要去为他们两人扫墓。每次扫墓，他都会生出一个强烈的心愿：如果能把两人的灵丘合葬在一起该多好。他们那么相爱，那么想在一起，生不能如愿，死后也该让他们如愿啊。可是由于种种原因，王将军说，他的心愿一直没能实现。他只是将二人的陵墓进行了修缮。

王将军的心愿也成了我的心愿。那年进藏时，我就把这个惨烈的爱情故事，讲给了一位当时在西藏任职的大校听，同时还把王将军的心愿一起告诉了他。我说："真的，如果能将他们二人合葬，该多好。不但可以安慰他们的在天之灵，还可以让这个爱情故事永远传下去。"

大校沉吟片刻，说："我来试试看。"

大校于是又把这个故事，讲给了当时在日喀则任职的另一位大校听。那位大校也被感动了，说："我去办。"

我满怀期待地等着。可以说，我是为自己在期待，期待自己被这个爱情故事灼伤的人，能够得到抚慰。我还想，下次去日喀则，一定要去烈士陵园，一定要去祭扫他们的陵墓。

一周后，我终于等到了回复。出乎我的意料，却又在情理之中。

现将日喀则民政局的信抄录在这里：

日喀则地区烈士陵园现葬有1967年10月在亚东炮战中牺牲

的革命烈士任致逊和其在同一部队服役的女友马景然（在大竹卡翻车事故中牺牲）的两位灵丘。根据其战友意愿，现要求将两个灵丘合葬在一起。经我局了解，合葬一事既不符合国家规定，同时又将违背当地的民族风俗。故不适宜掘墓合葬。

特此证明

日喀则地区民政局
2005年7月22日

除了两封回复的信，还有两张照片，即两位烈士的陵墓的照片。看得出陵墓的确被修缮过，但也看得出，两座陵墓不在一起。也许当时安葬的时候，人们不知道他们是恋人？或许知道，但不允许在烈士陵园体现儿女私情？

无论怎样，民政局的同志是对的。回到成都后，我把这个结果告诉了王将军，王将军也这样说。仔细想想，我们提出的要求的确不妥。已经过去那么多年了，而且那是烈士陵园，又不是其他墓地，怎么可能随意掘墓合葬呢？我们只从感情出发了，没考虑周到。

当然，我们也没错。

爱不会错。他们相爱。我们爱他们爱情。他们的爱情在越过半个世纪的岁月风沙、人世沧桑后，依然鲜活。

我知道他们至今仍彼此相爱着。

你也知道。

第九次在天堂

刘成斌是个年轻漂亮的幼教老师，与她的名字有些不搭。初次见面，我问她的第一个问题就是，谁给你取的名字，怎么像男生？虽然我自己的名字也很男性化，还是对此好奇。刘成斌笑笑说，父母取的，当时他们希望我是个男孩儿。

哦，原来如此。大家笑起来，努力想营造一个轻松的氛围。虽然每个人的心里并不轻松。尤其是刘成斌，她的眼睛一望便知有深深的忧伤，在我们说话的时候，电视上正好出现了介绍她丈夫付立志的事迹的画面，付立志栩栩如生地出现了……她立即转过头去，抑制不住地流泪，不停地擦拭着。

我们见到她时，付立志已经牺牲四个多月了，但刘成斌依然深陷在悲痛中无法自拔。每天每天，她都要在网上的天堂纪念馆，诉说着对付立志深切的怀念。

这对恩爱的夫妻，在生前，仅仅见过八次。

刘成斌是河南郑州人，她家对面的那条街上，有一个军营，大门口一年四季都立着一个笔直的哨兵。刘成斌从小就看着那个哨兵，虽然不知换了多少人，但他们站立的姿势总是一样的。而从哨兵身边进出的军人也总是一样的，挺着腰板，不苟言笑。不知不觉，刘成斌就喜欢上了这个特别的"邻居"，喜欢上了从那里进出的人。到了谈婚论嫁的年龄，她虽然没明说，心里却暗暗地盼望，找一个穿军装的人。

2006年夏天，有朋友真的给她介绍了一个叫付立志的军人，彼时正在石家庄机械化步兵学院就读，也是河南人。刘成斌还没见到人，就先有了几分好感。他们开始通信，通电话，似乎很投缘。这样"隔空"交往几个月后，付立志利用寒假回河南相亲。刘成斌就和他约好在郑州火车站见面。

那天刘成斌早早就到了车站。也许是有缘，她一眼就看到了走出车站的付立志，穿着军装，在人群中很醒目。也许是因为女孩子的矜持，也许是因为有一点失落——初次见面的付立志没有她想象中的帅气，而是有点儿傻愣愣的。她没有立即上前相认，而是走上附近的人行天桥，打电话给他，让他到桥上见面。

只见付立志焦急地四下张望，并询问路人，有点儿不知所措的样子。刘成斌不忍，便下去与他见面了。原来，付立志一听到女朋友指示在桥上见面，马上就想到河，正四处打听找河呢。

这是他们的第一次见面，2006年岁末。

怀揣着一点点失落，刘成斌开始与付立志相处，几天下来，刘成斌就发现付立志是一个很真诚的人，处处替她着想，关心体贴她。用现在的流行语说，是个有内涵的男人，值得信赖。

没想到她的父母不接受。尤其是刘成斌的母亲，坚决反对。她希望宝贝女儿能嫁一个家境富裕工作稳定又能守在他们身边的女婿。眼前这一位，一条都不符合。但刘成斌坚持自己的选择，她甚至以不吃饭来表达这样的坚持。付立志知道情况后对刘成斌说，不要担心，让我和你妈妈单独谈谈，我相信我能说服她。付立志来到刘成斌家，和未来的岳母在房间里谈了很长时间。出来时，母亲的态度已经改变，答应女儿与付立志交往了。刘成斌惊喜交加，问付立志是怎么说服母亲的？是不是给未来的岳母许了什么大愿？付立志憨憨地说，没有。我就是反复告诉她，我会对你好的，我会让你幸福的。

刘成斌在那一刻，觉得自己真的爱上了这个瘦小的不起眼儿的男人。他有一颗真诚执着的心。

第二次相见在云南。是一年后的2008年春节。

付立志跟很多男孩子一样，从小喜欢舞棍弄棒，父亲见他总是拿着弹弓眯缝着眼瞄准，感叹说，你这小子就是个当兵的坯子。2001年，付立志终于穿上军装，来到云南边疆。到部队后，他越发觉得自己热爱部队，想成为一名献身国防事业的军官，于是努力学习，考上了石家庄机械化步兵学院。在校三年他年年是优秀学员。毕业时坚决要求到边疆。于是2007年夏天，他来到了云南边防十二团。

河南和云南，虽然都有个南字，却相隔千里。经不住付立志的热情邀请，也受不了两地相思的煎熬，刘成斌只身一人，从郑州到昆明，从昆明到芒市，再到付立志所在的部队。一见面刘成斌就说，云南好美啊，一路上蓝天白云，鲜花盛开。付立志抓住时机说：你嫁给我，就可以生活在这个美丽的地方了。刘成斌嘴上没说，心里却笑：笨蛋，真要嫁给你也是因为你这个人，不可能是因为风景啊。

但真正产生要嫁给这个男人的冲动，就在那一次。

那时付立志是新兵训练营的一名排长，训练任务繁重，几乎没时间陪她玩儿。她总是远远地看着他，看他在训练场上带领战士们挥汗如雨地训练，看他在烈日下，跑，跳，投掷，射击，五公里越野。一次次反复，一天天反复。她真真切切地感受到了一个军人的不易。在那些穿着军装的男儿身上，她看到了以前从未见过的男人。

尤其是付立志，别人做一百个俯卧撑，他做两百个，还在身上绑满砖头，别人下蹲一百个，他下蹲两百个，还扛上五十斤原木。看得她心疼。年底考核，付立志的武装五公里越野全连第一！

每天每天，当付立志回到房间时，总是一身军装湿透，满脸疲惫，但从不叫苦抱怨，总是兴致勃勃地跟刘成斌谈他的兵，谈他的训练计划。仿佛吃苦是他的乐趣。刘成斌一边听，一边默默地为他递上一杯水，然后为他捶捶背。与此同时，心里那个念头越来越强烈了，就是每天都守在这个男人的身边，照顾好他。

2009年12月,他们结婚了。

刘成斌说,我们恋爱四年就见了三次。

在今天的很多年轻人看来不可思议。因为,很多恋人就算在一个城市,甚至同一个单位,每天见少了还会吵架。但刘成斌却觉得,那仅有的三次见面,已让她清楚地知道,这个男人值得她信任,值得她付出。在简单而庄重的婚礼上,刘成斌心甘情愿地成了一名军嫂。

付立志对新婚妻子说,亲爱的,我要用左手牵着你,走完这一生。刘成斌故意问,那右手呢?付立志说,我要用右手,向我挚爱的军队,敬最庄严的军礼。

这是我听到的,最感人的情话。

婚后没几天,付立志就对她说,我没有太多的时间陪你。要不你跟我去部队吧,也算是咱们度蜜月。刘成斌当然愿意。虽然在婚礼上她并没有宣誓,要跟这个男人去天涯海角,但她的心里已经把这话说了千遍万遍。

2010年初,刘成斌跟着丈夫踏上了去往边疆的路,在一次次转车后,他们直抵边境小镇畹町。付立志在那里任边防连副指导员。

在畹町的一个月,是刘成斌此生最快乐的一个月。冬季的河南早已是天寒地冻北风刺骨,但冬季的畹町却温暖如春,如同这对新婚夫妇的心境。他们相依相偎、十指相扣的身影,出现在边境的农贸集市,美丽的瑞丽江畔,小小畹町的大榕树下和椰子树下……

但更多的时候，是在军营里。付立志训练、巡逻、忙碌，刘成斌远远地看着。只是这一次，她不再是为了了解他而观看，完全是欣赏。

"我老公的军事素质真是太棒了，难怪他的兵一个个都佩服他。"刘成斌说到此处，语气里依然满是骄傲和自豪。

一个月很快就到了。按规定，家属来队不能超过一个月。可刘成斌不想走，舍不得走，她想天天陪着他。她求付立志让她再多待一段时间，保证不影响他工作。付立志耐心地对她说，规定就是规定，不能违反。我是副指导员，更要遵守规定。

他硬着心肠送走了她。

第五次相见，已经是在产房。

2010年秋，刘成斌生下了儿子焯焯。

儿子的名字是付立志取的。妻子一怀孕，他就翻开字典，选来选去，选中了焯字。焯的意思是明白透彻，语音也好听。他又在"焯"前加了一个"晨"字，充满希望。刘成斌坐月子的那一个月，付立志似乎是为了弥补自己不在妻子身边的愧疚，全方位全天候地照顾着母子俩。每当孩子哭闹时，他总让刘成斌去休息他来哄。夜里也让妻子安心睡觉，他来照顾孩子。

好日子很短，焯焯刚满月，付立志就结束休假返回云南了。刘成斌开始了真正的军嫂生活，艰辛重叠着艰辛。最难的一次，是焯焯高烧不退，接近四十度。刘成斌抱着儿子在医院守了两天两夜。看着怀里发烫的软绵绵的儿子,她吓坏了,一次次地给付立志打电话,让他回来。但付立志无法回来,他正带着战士们外出巡逻。刘成斌第一次产生了希望付立志转业的念头。

付立志一面安慰妻子,一面不停地给主治医生打电话。儿子住院八天,他竟然打了三十多个电话,刘成斌从中看到了他的那份牵挂,那份对她和儿子的爱。虽然不能回来,她也认了。

第六次和第七次相见,都在河南。

2011年和2012年,因为儿子太小,刘成斌无法带儿子去部队探亲,只能等付立志休假回来看望他们。而那时的付立志,已经当了连长,比过去更忙,更用心。为了把他的二连带成一支过硬的连队,他拼了命地工作,不断地给自己加码加压力。可谓呕心沥血,殚精竭虑。即使是回到河南休假,跟妻子儿子在一起,他也很难放松下来享受天伦之乐。总是焦虑,觉得自己欠缺很多,军事素质优秀了又觉得文化不够高,科技知识掌握不够多,想学这个想学那个。刘成斌觉得,她真的是嫁了个跟自己过不去的丈夫。

付立志在日记里写道:付立志,你离一名能打仗的连长相差甚远,加油!

而生活上,付立志却很将就。作为一个连级军官,他的收入有限,有了儿子后花销更大了。他只能对自己苛刻,到离开人世,都没舍得给自己买块表。为了省钱,他甚至对老婆也苛刻,在他看来老婆是自己人，可以放后面。他一次次地跟刘成斌说，老婆，等我以后有钱了一定给你买好东西，先欠着你吧。

在刘成斌的记忆里，他送给她最珍贵的礼物，是一个毛绒玩具。付立志读军校时，有一次偶然路过公园，见里面在搞活动，抄写一篇千字文，如果一字不漏一字不错就有奖励。付立志立即坐下来抄写，果然做到了一字不漏一字不错。周围的人都惊叹不已，因为那太需要专心细致了，很多女人都做不到。奖品是个大毛绒狗熊。付立志把它寄给了刘成斌，虽然不值什么钱，却很珍贵，让刘成斌对他刮目相看。

转眼结婚快四年了，儿子都三岁了，刘成斌和丈夫待在一起的时间还不到三个月。如果从恋爱算起，七年时间他们只见过七次，加起来没有半年。尽管她理解丈夫，还是希望能与丈夫朝夕厮守，人一辈子有几个七年啊。经过反复思考后，她决定辞去工作，到云南边疆去陪伴付立志，同时也让儿子能在父亲身边长大。

2013年5月底，刘成斌带着儿子跟随付立志来到云南边疆。她的心里充满了喜悦。七年了，她终于盼到与心爱的丈夫朝夕相守的日子。付立志也很开心，他高兴地说：老婆，我们的好日子就要开始了。

付立志申请到了专门为边防军人盖的宿舍，是个两居室，他抱着儿子拉着刘成斌转遍了房间每个角落。刘成斌鼻子发酸，结婚四年，他们终于有了自己的家。虽然这里离付立志的连队还有三个小时的车程，但至少，他们可以每个月见一面了。这该是多么幸福的生活啊。

刘成斌兴致勃勃地跑去买生活用品，买米买油买菜，当晚就烧出了在云南的第一餐饭。没有桌子，一家三口就趴在凳子上吃，吃得付立志鼻尖冒汗，美滋滋的，甜滋滋的。

付立志说，老婆，我一定会让你幸福的。

这是第八次相见，无比幸福，却又无比短暂。仅仅六天。

第六天，付立志就说要返回连队去。因为马上要进行比武了。对这次比武付立志期待已久，发誓要带领二连取得优异的成绩。刘成斌没有阻拦，除了一如既往的理解支持外，还因为她心里有了盼头，她想，反正以后每个月都可以见面了，好日子还在后头呢。

她压根儿没想到，这一别，竟是永诀。

2013年6月19日下午5点40分，付立志倒在了训练场上，倒在了全副武装5千米越野的最后500米处。连续两天的高强度比武，他的体力已严重透支，加之越野路线崎岖难行，天气湿热，强撑已久的他突然崩塌，终于倒下了……在送到医院抢救两天后也没能醒来，于6月22日凌晨离开了人世。

刘成斌怎么也没想到，丈夫就这样走了！她和他是如此相爱，却来不及朝夕相守；她和他是如此年轻，就永远地阴阳两隔了。

追悼会上，刘成斌悲痛欲绝。可是，当她看到泪流满面的团长政委时，当她看到哭喊着"来世还要做你的兵"的战士时，她知道，撕心裂肺的不只是她，舍不得他走的，也不只是她。这样的好男人，一定是去了天堂。

于是她一次次地给他发短信，发往天堂：

老公，你到天堂了吗？那边好吗？我会照顾好我们的孩子的。你永远在我心里。

老公，如果你必须有这样的劫难，为什么不晚几年？让我好好地弥补你以前所受的苦，也让你好好体会一下有家的感觉。

老公，我想你……你是我的唯一，永远爱你。下辈子让我做男人来保护你。

他们的第九次相见，在天堂。

也许，一对夫妻是否幸福，并不在于他们相守的时间，而在于他们相知的深度，相爱的纯度。刘成斌和付立志，在他们短暂的岁月里，度过了金婚。

辑三

一个人的远行

车祸 一个军事记者的十次

1

我和胥晓东是老战友，我大学毕业分到司令部教导队当教员时，他就在教导队工作了。1985年大裁军，教导队撤销，我调到军区文化部，他也调到了军区宣传部，我们又成了同事。但各干各的，接触很少。偶尔在大院里或者办公楼里遇到，他总是行色匆匆，话也总是那两句："我刚从××回来"，或者"我马上要去××了"。而那个××，不是云南，就是西藏。感觉他一年三百六十五天，至少有两百天是在这两个地方度过的。

某天我从川藏线回来，遇到了胥晓东。他说，听说你们在川藏线采访时遇到塌方了？我连忙说，可不是。回来的时候还出了车祸呢。他说是吗？没受伤吧？我说没有，但很吓人。他不再往下问了，又行色匆匆地走掉。我只好打住话头，心里痒痒的。不过，我很快就把此行所经历的一切，写进了长篇纪实散文里，在报上连载，在杂志上配照片刊登,更被我一次又一次口头传说,跟家人,跟朋友,跟许多许多的人。每当人们听我说了种种经历之后,总是称赞说,你真不简单啊。或者,你真了不起啊。我嘴上说没什么,实际心里也觉得自己挺不简单,挺了不起的。

上周我们教导队老战友聚会,我去了。胥晓东有事去得晚,一进门,就有个当年在一起疯闹过,如今已成了老板的兄弟开玩笑说,胥晓东,快把你那军装脱了,那么多星星刺眼睛。另外就有人说,胥晓东如今成大校了,我们都很骄傲啊。胥晓东憨憨一笑,脱了军装挂在椅背上,然后结结巴巴地解释自己晚来的原因,并且喝了一杯罚酒。大家也就没再去折腾他,继续热闹自己的。不客气地说,当年在教导队,我们这些当教员的是中心,胥晓东他们都是围绕我们开展工作的,如今聚会,我们这些当过教员的仍被大家捧着,我也习以为常。我和胥晓东因为还是同事,比其他人更熟一些,所以我连杯子都没跟他碰。他也不善应酬,坐在我对面,边吃边和我们教导队当年的医生聊天。

忽然,胥晓东的一句话在吵吵闹闹的酒席上跳了出来,越过杯盘狼藉的嘈杂直接进入我的耳朵:车祸啊?那我可出多了,起码有十次!你看看我的眼睛,你看看我的胳膊。到处都是伤。我抬头看他,他还是那样憨憨地笑,好像说着玩儿似的。从教导队起,他的笑容就那样,现在还那样,像个从没见过世面的山民。

我坐在这边却惊诧不已,十次车祸?!我对面坐了一个这样的人吗?我经常遇见的平平常常的胥晓东,竟有这样的经历吗?于是我大声说,胥晓东,别喝酒啊,一会儿我坐你车回去。他说好。没问题。

回家路上我说,刚才听你说,你出了十次车祸?他笑嘻嘻地说,对啊。我说那我可要采访采访你。他连忙说,别别别,别采访我。我说,不行,一定要采访。他不好意思地说,嗨,我那些事儿,说起没意思。我说没意思我也要听。他无奈,又那样憨笑。

于是我开始预约采访,一次又一次,他总是有事。直到今天上午,我才在办公室逮着他,我打电话给他,我说我现在过来了?他求饶说,要不还是算了吧?我大喝一声,不行!他没辙了,只好说,那好吧,你来吧。

老战友就是这点好,可以不讲客套。

老实说,我那么坚决地要写他,一是因为好奇,那么多次车祸,还好端端地。二是因为惭愧。我出了那么一次皮毛未伤的车祸,都写了那么一大篇文章,人家出了十次却从未提起。不把他写出来,我岂不更惭愧?

2

我和胥晓东终于面对面坐下了。虽然我们那么熟悉,可一本正经地坐在一起谈话,还是第一次。胥晓东很不自在,又说,我那些事儿,没什么可说的。

我们就闲聊。我问他,怎么离开教导队的?他说1986年5月,当时记者站刚组建，站长许建华就来教导队挑人，一下挑走两个大小伙儿，一个他，一个谭湘江。许建华是我的大学同学，是个绝顶聪明的人，很会当领导，知人善任，自己个子不高，挑的两个小伙子却是牛高马大，且很有出息。

胥晓东说，我一到记者站，就直接去了云南前线，那时云南还有战事。我们一去就是三个月。就那三个月里，我遇到两次车祸。

我连忙说，你一次一次地讲。

胥晓东说，我也记不太清了。第一次好像是去一个高地采访拍摄，我们坐了辆北京吉普。当时因为有战事，公路大多是应急公路，很不平整。加上战争期间，许多事情都没按规矩来，有一回我们坐的北京吉普上挤了十一个人。危险随时都在身边潜伏着。那次我们车上有五个人。我抱着机器坐在后面，汽车拐弯儿时速度太快，一下就翻了。幸好路边是个缓坡，我只是受了点儿皮外伤，胳膊青紫，没有其他大碍。

我笑说，第一次可能是彩排。

胥晓东也笑说，因为没伤着，一点儿也不觉得怕。

后来，胥晓东很快遭遇了第二次车祸。那次他奉命去机场送拍好的新闻，那时不像现在，画面可以直接传送。他们得先从战区飞昆明，再从昆明飞北京。因为着急，车也是开得飞快，还是北京吉普，车上坐了六个人。车快路滑，突然就出事了，胥晓东一点儿预感都没有，就发现车子歪斜了，直冲向路边的一个鱼塘。"轰"的一下，栽了下去，四脚朝天。幸好旁边有部队，连忙过来帮他们，胥晓东爬上岸，浑身都是泥浆，但一看抱在怀里的盒带没有打湿，就松了口气。赶紧在路边搭了辆军车，继续赶往机场，值班飞机在等着他们呢。

我说，你真是命大，两次都没伤。

胥晓东说，就是。有好几次都很危险的，事后想想挺可怕。

1987年，胥晓东和同伴沿着云南边防线一路拍摄，从马关、罗家坪、河口，一直到西双版纳。非常辛苦，连续干了几个月。在西双版纳，他们翻越普洱大山去一个边防团采访，下山时，在一个弯道处突然遭遇了对面的来车，司机躲闪不及，猛打方向盘，车子就翻滚到了山下，下面是万丈悬崖。万幸的是，他们的车被一棵大树挡住了！否则真是粉身碎骨。胥晓东一点儿没受伤，司机和另一位记者受了点儿轻伤。

我说，那棵大树救了你们的命啊！

胥晓东说，我被大树救过两次命。还有一次也是在云南，1988年吧，中老边防重新勘界，我们去拍资料，每个界碑都要走到，路途很遥远。那次我是和谭湘江（也是我们教导队的同事）一起去的，从6月到9月，干了整整三个月。当时正是雨季，路非常难走。还要经过几个蚂蟥区。蚂蟥多得直往人身上蹦，有一天晚上睡觉我脱下衣服，才发现身上有根拇指那么粗的蚂蟥，不知吸了我多少血，吓人。我和谭湘江个子都够高了吧，那些草比我们还高，要扒拉开草丛去找老界碑。那时的机器还不是一体的，摄像和录像是分开的，谭湘江在前面扛摄像机，我在后面扛录像机，那天去找一块大清碑，草太深太密了，看不清路，走着走着，谭湘江忽然脚底一滑，就摔下去了，我被机器连着，也跟着摔了下去。幸好，机器上的电线缠在了一棵大树上，我们俩都被卡住了。随行的战士赶紧放绳子下来，把我俩一个个拉上来。拉上来之后再往下一看，我们都出了一身冷汗，原来那个坡下面就是绝壁，差一点点，我们就报销了。

我说，真是命大福大啊。

胥晓东说，谭湘江也这样说，他说咱俩今天真是幸运。可是说完没多久，又出事了，他在一个坡上拍完资料，跑下来时，脚底打滑，刹不住，哧溜一下滑进了河里。还好河不深，他很快爬上来了。衣服湿了都不算什么，关键是口袋里有一盒刚拍完的资料带，毁了，这下好，又重拍。

胥晓东说起这事，哈哈大笑起来。我忽然想，艰苦的岁月往往也是美好的岁月，历险的回忆往往也是快乐的回忆。

胥晓东是1988年正式调到我们军区记者站的，也就是说，命令还没下，他就已经连出几次车祸了。他是用命在经受检验。那十年时间里，胥晓东每年都要去云南三四次，每次都是两三个月，几乎所有春节都是在云南过的。

3

当胥晓东说，那些年他的大部分春节都是在云南边防过的，我就想到一个问题：一个总不在家过春节的人，家里会怎么样？妻子会高兴吗？于是我问，你什么时候成家的？胥晓东想了想说，1989年吧？

他真是想了想才回答我的，好像没把握似的。

其实我认识胥晓东的妻子。我还知道是许建华的妻子为他们做的媒。但我的确不清楚他什么时候结婚的，什么时候有孩子的。我说，你这样老在外面跑，王丽（他妻子）不埋怨你吗？胥晓东说，她习惯了。我说，你老遇到危险，她肯定很担心吧。胥晓东说，她也习惯了。过了一会儿又说，不过，那一回，还是把她吓着了，当时她正怀着孩子。

我忙问，是哪一年？

他说，1990年冬天，在西藏。

一说1990年冬天的西藏，我备感亲切，因为1990年冬天，我也进藏采访了，而且在西藏遇见了许建华他们摄制组，他们正在那儿拍摄大型纪录片《边关军魂》，两个月里跑遍了西藏所有的边防点，吃尽了苦头，许建华甚至差点儿丢命。我遇见他们后，就跟着他们走，一路上他们特别关照我，记得有一次住的地方是光板床，许建华就把沙发垫子取下来，一个个给我铺在床上。让我至今难忘。后来我还跟着他们坐直升机飞进了墨脱。回来后为了"报恩"，我写了篇报告文学歌颂他们，题目是"千里边关写军魂"，里面就记载了不少他们历险的经历。却没想到，最危险的一次，我没写进去。

我说，那次我记得没有你啊？

胥晓东说，对，那次我和谭湘江去了云南。我们在云南的任务结束后，就先回成都了。是许建华打电话给我，说他们没有电瓶灯了，我就飞进去送电瓶灯。我去的时候你已经走了。我听他们讲起的。

我永远都忘不了那个冬天，那是我唯一一次冬天进藏。太多艰难的日子，太多美好的回忆，太多的温暖和寒冷。

胥晓东说，我们在拉萨结束了工作，就一起出藏。那天早上我们起了个大早，天还黑着，就往机场赶。

西藏的航班都这样，要早起。无论进藏还是出藏，这我知道。

胥晓东说：军区给我们派了辆丰田车，是那种司机旁边可以坐两个人的。我上车时，看见旁边已经坐了一个人了，穿着大衣，戴着帽子口罩，捂得严严实实。我猜可能是个搭车去机场的，也没管，就在旁边坐下。许建华他们几个坐在后面。车出拉萨没多久，过曲水大桥，当时有个规定，所有的车上桥必须关灯。于是路上一片漆黑。突然，我听见后面有人说，糟糕！我定睛一看，车子直端端地朝一辆停在路上的解放牌大卡车撞了上去，只听咣的一声，我就什么都不知道了。

后来呢？我一下子兴奋起来。前面他讲了那么多车祸，都是轻轻松松地，没出什么大事儿。瞧我这心态，只等着出大事呢。

胥晓东说，过了好一会儿，我听见许建华叫我：胥晓东！胥晓东！我清醒过来，一抬胳膊，听见"咔嚓"一声，我说，我胳膊断了。

这是我醒来说的第一句话。说完之后，我觉得嘴里有东西，一吐,一嘴的玻璃碴子。据他们后来给我描述,说我满脸是血,衣服上也全是血,都看不清五官了。送到医院时,吓跑了好些病人。

这时有个武警的车,停下来帮我们。我这才知道,坐在我旁边的,是一位西藏军区总医院的护士,而且是孕妇,正准备回成都生产。她是被抬上车的。送到西藏军区总医院后,那位护士的舌头因为被玻璃划破,缝了十几针,更悲惨的是,孩子没了。

我听了很难过。我太了解西藏的女军人了。那次进藏采访,就是为了写西藏的女军人。我几乎跑遍了所有有女军人的单位,采访了七十多位女军人,深知她们作为女性坚守在高原的不易。想想这位女护士,好不容易怀上孩子,好不容易坚持到分娩,却这样突然没了,自己还受那么大的罪。真让人心痛。

接着说胥晓东。胥晓东也很惨,除了满脸是血外,眼睛差一点儿扎瞎(胥晓东说,那玻璃真长眼,扎到了眼皮上),撞掉一颗门牙,最厉害的是胳膊,右胳膊,尺骨旋转性骨折,很不好接。在医院夹上夹板,刚走出医院就掉了。必须得打钢针才行。于是他们赶紧回成都。回成都没回家,就直接住进了成都军区总医院。当时胥晓东的妻子有孕在身,许建华怕吓着她,就跟她说,胥晓东还有工作要晚些天回来。一周后,胥晓东的脸基本好了,没那么可怕了,许建华这才把王丽接到医院去看他。

胥晓东说,我那胳膊打了钢针,后来感染了。医生说,若不把钢针拔出来,感染厉害了就得锯掉胳膊,吓得我连连让拔。现在我这胳膊还是有问题，伸不直，使不上劲儿。

他抬起胳膊给我看。

我说，这算是最厉害的一次了吧？

胥晓东说，从受伤来说，是最厉害的，但不是最危险的。最危险的是1994年那次。

1994年，第几次了？

胥晓东说，我记不清了。

我也记不清了。

4

1994年冬天。

胥晓东接到中央电视台的任务，要拍几条西藏边防军人的新闻，在元旦期间播出。他带了个记者，匆匆忙忙飞进西藏，然后坐车赶到了遥远的亚东边防。连路程带拍摄，一共只有十五天的时间。

一到亚东，就下起了大雪，大雪封山，把他们去乃堆拉哨所的路给断了。因为时间紧，胥晓东坚持第二天就上山。团里只好派车，把他们和军分区来慰问演出的小分队一起，送到通不了车的地方，然后让他们下来步行。他们就扛着机器，在海拔4000米的山上跋涉。8公里的路，从早上八点走到下午四点，走了8小时，总算在天黑前走到了哨所。

胥晓东在山上待了三天，不歇气地拍，拍巡逻，拍训练，还拍慰问演出。拍完一口气都不歇，马上就下山。之后又在亚东继续拍，拍了军民联防，等等，三条新闻拍好，时间又过去几天了。胥晓东一算，离任务的最后期限没几天了，得马上回拉萨，再飞回成都，才能保证在26日前把画面传过去。

　　但是，更大的一场雪降落了，封住了他们出去的路。亚东我去过，有个沟，人称亚东沟。沟里的雪是最深的，出沟的路完全给雪埋住了，车从中间过，两边的雪就跟雪墙一样，高过车顶。亚东边防团的团长和政委一见此情都说，胥记者你们不能走，无论如何都不能走。现在如果出沟，会有生命危险。

　　胥记者就问，什么时候才可以走？

　　团长和政委答，等雪化了。

　　胥记者又问，什么时候能化？团长和政委又答：明年6月。

　　胥记者一下乐了，说，我怎么可能等到明年6月？那不是开玩笑？我必须在25日前赶到成都，26日前把画面传到北京。咱们团里没有推土机吗？

　　团长说，有倒是有一台，但没有油了。

　　什么时候能有油？

　　也得等雪化了。

　　胥晓东心里凉了，同时也坚定了：看来等是没有头的，是没有希望的，只能走。

团长和政委看出他想走，说又说不通，就让通讯员看着他。胥晓东铁了心要走，一方面是任务急，一方面是觉得进来的时候路都好好的嘛，能有多难？从亚东沟出去，到帕里镇只有二三十公里，只要到帕里就好走了。

轻敌。

第二天一大早，团长和政委在开会。胥晓东就趁通讯员不注意，拿上机器，带上记者，还带上两个搭车的女护士，悄悄上路了。两个女护士是参加军分区演出小分队来亚东的，本来应该跟着演出队一起回去，可她俩都急着探家，于是大起胆子搭上了胥记者的车。

后来肯定后悔不已。

最该后悔的还不是他们，而是另一辆车。一个在亚东工作的空军副站长，妻子和孩子进来探亲，太冷了，孩子受不了，也想出去，一直不敢走。看见胥晓东他们出发了，就跟了上来。于是两辆车一前一后，上了路。

我说胥晓东轻敌，还不仅仅指他执意上路，而是毫无准备地上路，连干粮都没带。早上走的时候，他就吃了两个煮鸡蛋。他打的如意算盘是到帕里镇吃午饭。

那年的雪实在太大了，差不多要把亚东沟填平了。胥晓东他们的车从早上八点出发，五六个小时只开出去19公里，还没出亚东沟，车就开不动了。起初他们还拿着铲子下来铲，后来发现这样做毫无意义，跟蚂蚁啃大象一样，就放弃了。当时已是下午一点多。车上的五个人又冷又饿,又绝望。胥晓东预感到事情不好,危险正在降临。他迅速做出决定,让同行的记者关辉带上两个女护士出去找人,找道班或者部队,他和司机留下来守车和设备。

胥晓东跟关辉说,你们找到人,我们就得救,找不到,我们就完了。

关辉比较年轻,也比较强壮。胥晓东觉得让他带两个女护士去找人比较合适。

关辉他们走后,胥晓东和司机在车里继续忍饥挨饿,日头慢慢西落,气温越来越低,冻得实在受不了的时候,胥晓东就让司机打开空调暖和一下,然后赶紧关了,怕费油。他们就这么坚持着,熬着。

再说亚东的团里,团长政委发现这个胥记者跑掉了,连忙向军区这边报告,军区指示赶紧派人找,他们就从帕里和亚东两头出发去找,但大雪早已埋掉了他们的一切痕迹,寻找的人一无所获,害怕出现新的危险,只好收兵。

时间已经到了凌晨一点。胥晓东觉得就要坚持不住了,二十个小时之前吃下的那两个煮鸡蛋消耗掉了,他前胸贴着后背,脚和手冻得发疼。他不得不想到最坏的结果,今天可能要死在这儿了。

突然,他听见司机喊了一声:看前面有灯光!他抬头,发现在茫茫雪原上,真的出现了一个亮点,肯定是灯光,肯定是人,而且肯定是来找他们的人!胥晓东一下来了精神,有救了!可那光亮就像星星落在雪原上冻住了,总不往前移。他们等啊等啊,望眼欲穿,不知过了多长时间，光亮终于移近了，是几个人影，接着听见了关辉的喊声。真的是救他们的人来了！是关辉带着五个藏族小伙子来了，五个帕里道班的养路工人。那一刻，胥晓东真是恨不能把雪山化作哈达献给他们！

藏族小伙儿把他们，还有那个空军军官的一家三口，接到道班，用高压锅压了一大锅米饭，还在米饭里加了两个军用罐头，胥晓东说，那是他这辈子吃的最香的一顿饭。饭后道班工人又给他们煮了香喷喷的酥油茶，喝得他们浑身暖洋洋。

第二天，在道班工人的帮助下，他们把车调了头，准备先返回团里。出发时，胥晓东让空军的车走前面，空军让他们走前面。两家彼此推让。在雪地上开车，有经验的司机都知道，走前面好走，因为雪是松的，不滑。谦让了好一阵，最后还是胥晓东他们走在了前头。

谁承想，走在后面的车，真的发生了不幸！胥晓东他们回到亚东后，发现空军的车没跟上来。起初以为他们走得慢，第二天才得知，他们在途中翻车了，一家三口加上司机，全部遇难！

胥晓东说，我出了那么多次车祸，这一次是最难过的。我老是感到内疚，到现在还是一想起来就内疚。如果那天我不急着走，他们也许就不会走，因为我们走他们才跟上来的。唉！

我也为此感到痛惜。西藏啊！

还是接着说胥晓东吧。

回到亚东后，胥晓东亲自跑到亚东县委书记的家，请求支援。那

115

位书记是个藏族汉子，听胥晓东说了情况，二话不讲，马上答应调四台推土机帮他们开路，还为部队的推土机提供了用油，并且通知县委各机关前去帮忙。于是五台推土机，加上浩浩荡荡的开路大军，分段推雪，一直将胥晓东他们送出了亚东沟，终于让他们在26日前回到成都，并及时将新闻传到了北京。

路过帕里时，胥晓东没忘记道班的藏族兄弟，他专门买了一箱酒和一箱罐头，送给了他们以表谢意。

难忘的冬天。难忘的大雪。

5

这些年，作为一名军事记者，胥晓东每年都要进藏，多的时候一年跑四五次，最少也是一次。就是川藏线这样的路，他也跑两个来回了。西藏最高的哨所，最偏远的哨所，他都去了，最险的路，最难走的路，也全走了。在数十次的进藏中，谁也无法计算出他遇到了多少危险，多少艰难。须知在西藏跋山涉水，即使没有车祸，也是需要吃大苦耐大劳的。

当我让他一一道来时，他笑说因为经历得太多，有些事情反而记不清了，反正磕磕碰碰是家常便饭。

但1999年那次进藏，胥晓东忘不了。

因为那一次，实在是太苦太苦了。苦得连胥晓东这样的人都摇头。那十多天时间里他掉了十斤肉,差不多每天掉一斤。而且不光出了车祸,还出了"马祸"。

那次是为了配合军区宣传昌都军分区骡马队长尹相美,去察隅拍纪录片。

他们摄制组一行人,在高原的崇山峻岭中,走了整整九天。每天风餐露宿,每天吃夹生饭,每天冻得睡不着觉。到了驻地,别人可以休息了,他还得给机器充电。有一天天气太冷,发电机发动不起来了。他就用大衣捂在发电机上,再用柴火烧火升温,这才得以充电。在那些日子里,睡得最好的一觉,竟是在一个废弃的羊圈里。

生活苦还不算什么,关键是路途太险了。其中有一天,他们走到天黑也没翻过山,就打着手电筒走。胥晓东扛着机器,不小心趔趄了一下,被人拉住。用电筒一照,斜坡下面竟是万丈绝壁。真是一身冷汗,说随时都有生命危险,可不是为了说着好听。

完成任务返回时,胥晓东实在走不动了,单纯走路的人都龇牙咧嘴,何况他一直在扛着机器工作。于是大家就让他骑马。哪知刚上马没多久,马忽然惊了,一尥蹄子,将胥晓东狠狠地摔了下来,他的脑袋落地时,刚好磕在一块石头上,当即眼冒金星,血流如注。简直爬不起来了。幸好石头不够尖,伤口包扎后血止住了。但腿和腰都严重扭伤,已没法再骑马了。同事们就给他找了根棍子,以后的三天,他是拄着棍子走回团部的。

听胥晓东讲这些时,我脑海里就浮现出了当时的场景,因为我去过察隅，也去过察隅边防，那里的路况我很清楚。我还知道，我们军区的作家记者加上新闻干事，去过西藏的人无数，去过察隅的人却是可数的。因为那里的路实在太难走了，德姆拉雪山实在太难翻了。

可老天爷好像觉得胥晓东在察隅吃的苦还不够多似的，最后又给他来了一下：完成任务从察隅出来那天，翻越德姆拉雪山时，在一个弯道处，他们的车与一辆地方吉普车撞上了！幸好——又是幸好，我发现胥晓东这人真是命大，总是幸好——幸好两辆车速度都不快，没撞出大事。

胥晓东说，我当时坐在车上已经不知道害怕了，只想睡觉。

当然，胥晓东的辛苦没有白费，车祸"马祸"也都没白出。他拍的纪录片《骡马队长尹相美》，获得了第八届中国五四新闻一等奖，全军纪录片一等奖。而且这些年来，他获得了许多奖励，嘉奖，通报表扬，立功，提前晋级，提前晋级就是两次，好事成串。可见领导和群众都是把他的一切看在眼里的：他的吃苦耐劳，他的敬业。

但在我看来，胥晓东获得的最好奖励，却不是上级颁发的，而是老天爷给的，那就是每当有危险时，他总是化险为夷；每当遇到不幸时，他总是遇难呈祥。

作为老战友，我祝愿他永远有这样的好运。

我一直叫你家海

家海，你还是走了，就在我身在异国他乡的时候。虽然这一切都在预料之中，我还是感到异常难过，我没能在第一时间知道消息，也没能最后送你一程。作为一个相处了二十年的同事，我的心里有着太深的内疚和不安。但我想，也许这是你的意思吧，不让我看到最后那个场景中的你，让你留在我记忆中永远是活着的样子。

家海——我一直叫你家海，从你调到我们编辑部的那天起。虽然你比我年长，因为我们都随了主编杨景民的习惯，每位同事都以名字相称，叫你家海，叫他景民，叫我山山。这二十年里，你做过我的领导，后来我又成了你的领导，无论何种情况，我都没改过口。虽然你的性格比较倔强，有时脾气也不好，但我知道你是个好人，心地善良，正直正派，廉洁自律。几年前你从歌舞团团长改任创作室主任，走时连团里给你配备的手机都退还了。到创作室后你是唯一没有手机的。正因为你的心气太高，对人对己都要求很严，所以活得很累，总是郁郁寡欢。我常劝你不要太在意一些事，不要太好强，可这是你的性格，是你的命，旁人无法改变。

　　家海，虽然我叫你家海，你却始终很拘谨，一直叫我裘编辑，整个创作室只有你这么叫，我也习惯了。但在最后这一两年，你改口叫我山山。也许是因为我做了主编？今年春天的某一天，你打电话给我说，山山，我想用一下车。我胃不舒服，想去做个检查。事后我问你检查情况如何，你说做了胃镜，是慢性胃炎。我松了口气，因为我自己也有胃炎。可是过了一段时间我在路上遇到你，你说还是没有好，吃不下东西，正在输液。你都输液了也不吭一声。我马上和编辑部的同仁买了营养品去家里看你，你居然还在画画！你真是太能撑了！我当时跟你说，你不能大意啊，胃不舒服很容易被误诊的，很容易掩盖住其他毛病的，最好再查一查。于是你又去做胃镜，又去做了 B 超，还是没有检查出什么异常。

　　就在这个时候，大地震发生了！你好像忘了自己有病一样，5月14日一早打电话给我，说要去灾区采访。我告诉你没有车，驾驶员不在。你想自己开车去，我请示了领导，领导不允许，你说那我骑自行车去，我说绝不可以的，最近的都江堰都有几十公里。后来你获悉解放军报社的李鑫主任要来采访，部里给他配了车。你说要与他同行，我马上决定与你同行。可以说，我是在你的感召下走进灾区的。

　　在灾区采访的那些日子，你哪里像个病人？比我们跑得还快还远，有时我们在路上与人交谈，你一下子就不见了人影。5月15日在北川，你一个人走穿了北川的新老县城，背着那么重的摄影包，饿着肚子。你还给妻子发短信说,到灾区来我的胃反而不痛了。其实那是因为你的心思完全被灾区抓住了,忘却了病痛。

回想起来,我们在灾区采访的那些日子,对你的身体是一种折磨,每天有一顿没一顿的,吃干粮,喝冷水,大强度行走,肯定加重了你的病情。而我们,也忘了你是个病人。在映秀的那天晚上,我们住在一个四面透风的棚子里,你冷得睡不着,就爬起来坐在外面和志愿者一起烤火。半夜里,听见有人喊"解放军快来帮帮忙,我们又救出一个幸存者"时,你第一个跳起来说,我们去抬吧。王龙,还有一位"海峡之声"的记者,马上跟着你一起冲出去抬起担架把伤员送到了医疗队。你根本就忘了自己是个病人。在从映秀出来的路上,遇到了大塌方,我们冒着危险往外走,走了四个多小时,四肢并用,我感到有些支持不住了,你就抢过我的包帮我背,我不忍心,又拿过来自己背。当我们同甘共苦,一起走到水库边坐上冲锋舟时,都有一种劫后余生的感觉。

其实我和你一起经历生死,已经不是第一次了。十年前我们一起带领十位作家去西藏走边关,也是历经磨难。当我们到达亚东时,被告知去乃堆拉哨所的路断了。我和多数作家认为就不要去了,尤其是我,害怕出意外,毕竟是主办者,负有责任。可你坚持要去。于是邓一光、李鑫和你一起去了,最后一段路你们完全是爬上去的,李鑫还因此吃了救心丸。你们返回后我依然很生气,冲你发火。这大概是我们之间发生的为数不多的矛盾之一。笔会结束前一天,我们遭遇了巨大的泥石流，车子险些掉进雅鲁藏布江，当我们被困在尼木兵站时，那天夜里你大声说着梦话，高喊：我们一定要把杜鹃花送到哨所去！因为睡的是兵站大通铺，很多人都听见了，一边笑你，一边又被你的精神所感动。而我还知道，这句话不仅仅体现了你的勇敢和尽职，还体现出你是一个富有诗意的人。我常说，你比我们几个作家更具有诗人气质。你发言时常常充满激情，说出诗一样的语言。你有几句名言，一句话是：让我们把句号拉成叹号吧！还有一句是：放心，我熊家海是个有肩膀的人！

灾区采访之后，你马上开始创作大型丝网版画《废墟中——生命的最后定格》和《子弟兵——我们的生命通道》。你高兴地告诉我，我干了两个大东西！真的是大东西，两幅画的长度分别为16米和26米，这令艺术创作成了体力劳动。创作完成后，你马上送到北京去参加"抗震救灾主题展"，之后又回成都参加抗震救灾画展。前一幅被中国美术馆收藏了。整整三个月，你都处于高度紧张的运转中，每天奔波忙碌，比一个健康人还要劳累。而那段时间我们也赶着写作出版长篇报告文学《重兵汶川》，无暇顾及你。直到你再次病倒。

家海，我清楚地记得，8月的一天早上，你突然从门诊部给我打来电话说，我撑不住了，让刘成（驾驶员）送我去总医院吧。我吓了一跳，因为说出这样的话，表明情况已经很严重了。否则你会撑着，或者自己悄悄去医院。没想到你去总医院做了检查后，就再也没能回来。我从你妻子口中得知情况很严重，或者说就是绝症，真是难过得无法接受。毕竟你才五十五岁啊，那么年轻就罹患如此重症。

我们一次次去医院看你，每次去看你都是一种折磨，眼见着你一次不如一次，眼见着生命从你身边一点点抽离。可我们却束手无策。因为怕你绝望，我们一直瞒着你，不敢告诉你病情。所以每次面对你都要说假话，明知一切都已无法逆转，还要装出笑容来宽慰你。这样的看望真是一种折磨，我特别怕去看你，又不能不去。有的时候还抱着一线希望，会不会发生奇迹？然而一看到你就明白了，上天是残忍的，没有给我们留任何希望。

而你依然要强，每次去都对我们说，你们那么忙，不要老来了，回去吧。住院的最初一周，你甚至不肯换病号服，一直穿着迷彩裤，你以为你很快就能回家，总是跟妻子说，我还有好多事情呢，什么时候能出院啊？有时你也问妻子，山山是不是知道什么情况瞒着我？我看她好像有点儿不对劲儿。

是的，我承认，我做得不好，每次都不坦然，总是不敢直视你的目光，东拉西扯地，想让你忘掉自己的病。直到最后一段时间，我们还问你明年想订什么杂志，我们也确实按你说的给你订上了，总希望奇迹发生，到了明年杂志送来时，你依然能拿在手上翻开……

家海，最后一次去看你，是11月21日上午。早上你妻子突然打电话说你情况很糟，我连忙赶去医院。你说话已经有些接不上气了。看着你瘦得变形的样子，我真是不敢与你对视，宽慰的话怎么也说不出口，只好沉默着，眼睛盯着墙壁。可你还责怪妻子，说不该把我叫来。因为以前我总是下午和晚上去医院，上午出现让你生疑。我连忙解释说，正好有顺便的车，所以过来了。后来你忽然叫我的名字，我走到床边靠近你，你微弱地说："山山，我不能走路了。"我听着心里真是太难过了，无比辛酸。我努力找出安慰的话，但发出的声音连自己都无法听到，我说，你太久没吃东西了，有些虚弱，以后能吃东西就好了。

后来你妻子告诉我，在我走后的那天夜里，你和她谈了个通宵，你终于面对了真相，嘱咐她顺其自然，一切从简。还说如果出现昏迷，就不要抢救了，这样活着，除了浪费国家的药材，什么用也没有。你还跟她说，在家里给我留个房间吧，我想回来坐坐。妻子说好的，一定给你留着。你回来的时候，托梦告诉我，我叫你的时候，你要答应。你说好的，我答应。

你安静，从容，以极大的毅力，面对着渐渐逼近的死神。夜里你疼得无法入睡，情况非常糟糕。可第二天领导去看你，问你有什么困难时，你依然说，没有困难，什么困难也没有，我的经济情况挺好。孩子也挺好。

我知道你会这样说，你永远不会说我不行了，帮帮我吧。你永远不会说，我很困难，能否给我些补助。你永远不会顾影自怜。你是个把自尊看得比什么都重的人。你是我所见过的最要强的人。

就在我走后一个星期，你离开了人世。

家海，你走了，我想说，有件事我一直没有勇气告诉你，我曾经也伤害过你。好像是三年前，你当主任时，有一次很严厉地批评了一位女同事，女同事哭了。为了安慰她，我就调侃说，你不要跟他计较，他这个人就跟头倔牛一样，每天就知道在地里耕啊耕，结果把地耕得乱七八糟。女同事破涕为笑，把这话告诉了你（她没说是我说的），你很伤感地打电话给我，说，唉，辛辛苦苦忙半天，他们居然说我像一头牛。我吓了一跳，讪讪地说，是开玩笑的。你还是黯然地说，开玩笑也让我难过。后来的日子，我有几次想跟你解释，却怎么也开不了口。对不起，家海，我不该这么调侃你的。你兢兢业业，勤勤恳恳，尽管有时候效果不理想，但依然应该受到尊重。如果连你的敬业都不被尊重，还有什么值得尊重呢。家海，我还想告诉你，大家都很敬重你，就是你批评过的那位女同事，对你也非常好，在你住院期间她是跑医院最多的一位；还有，和你曾经有过不愉快的一位同行，也在你去世后伤心落泪。我们编辑部几位和你接触不多的年轻人，都在为你的事跑前跑后，尽心尽力。你若在天有知，会感觉到温暖的；还有，你若在天有知，就原谅我的玩笑，说一声没关系。

在我得知你离去的那天夜里，我在异国他乡做了个梦，梦见我和编辑部的同人们一起在为你办后事，忽然看到你就站在我身边，依然穿着那件很旧的深蓝色夹克，很瘦很小，好像比我还矮。我惊讶地问：你怎么来了？我们在为你办后事啊？你露出难得的微笑说：我没事，大家一起干吧。

家海，我真希望那情景能在现实中出现，真希望有一天你走进办公室跟我说：山山，我又干了个大东西。或者说，我想自己开车去川藏线，可以吗？

我会对你说：家海，你去吧，去你想去的地方。

只是，一定要平安。

一个人的远行

深秋，我去大凉山"高原—2000"的军事演习体验生活。

演习阵地地处大山深处，条件很艰苦，且整个区域里几乎没什么女人，洗澡就成了大问题。我和军区的另一个女作家王曼玲正为此发愁，忽然就遇到了张可。

张可一身迷彩服，佩带中校军衔，英姿飒爽。她一见面就拉着我们的手说，听说你们来我太高兴了，走，我带你们到县城洗澡去。她的脸红扑扑的，眼睛发亮，笑声朗朗，整个人的精神状态可以用神采奕奕来形容。与一年前我第一次见到她的时候相比，简直有了质的改变。

第一次见到张可，我并没有对她留下什么深刻的印象。当时我去她所在的装甲团办事，到中午吃饭时她出现了。个子小巧，皮肤白里透红，还留着披肩发，看上去年纪很小，像是哪个团领导的女儿。团长给我们介绍说，这是张可，我们团的张副团长。我知道团长那带有重音的介绍，因为她是名人。我也早在很多年前，在她还不是副团长时候就知道了她。但如同所有的名人一样,伴随着事迹流传的肯定是非议。那时她几乎不说话,也不喝一滴酒。团长和其他几个团领导都护着她,替她挡酒。她默默地吃饭,眼神里藏着谨慎。

当时我想,这样一个女人,除了被大家保护着宠爱着,还能干什么呢?尤其是在这样一支野战部队里,能干什么呢?可她为什么非要下部队?是出风头吗?

我和许多人一样,对她有了一种先入为主的否定。

但这次见面,张可的变化让我对她有了一种全新的感觉。我想,是什么令这个女人不一样了呢?爱情吗?

我们一起去了县城,张可一直说说笑笑地,很开心的样子。是因为和我们熟悉一些了,还是因为在异乡遇见了朋友?或者说在男人堆里遇见了女人?我们一起吃饭时,她依然不喝酒,但很随和地端着饮料与人碰杯。这让我意识到她确实变了,她的身上洋溢出一种自信和自豪。因为自信,人也更加美丽了。女人的柔美和军人的英姿和谐地统一在了她身上。我想这是一个幸运的女人。尽管她有一个与众不同的甚至是不被世人所认同的人生理想,却终于得以实现了。她曾是全军唯一的女作战参谋,以后又成为全军唯一的作战指挥专业的女硕士生,现在又是全军唯一的野战部队的女副团长。从她现在的精神状况看,她这个副团长一定是干得很出色了。

后来我得知,她的自信和快乐果然是来自事业的成功。当然,也有爱情。

张可原本可以做一个平平常常的女人的。以她的容貌和家庭出身，以她的智力和性格，她都可以毫不费力地获取幸福，走一条十分平顺的路。她十七岁入伍，在军校读书时就当了班长，带出了一个优秀班；她以全校第一名的成绩毕业，所有科目的平均分数是97分；然后她顺理成章地做了一名药剂师，穿着白大褂穿梭于药房；她是个好药剂师，不但完成每日的工作，还研制出几种中草药药剂。在那期间，她还被成都军区评选为优秀青年，参加了优秀青年夏令营。真是风华正茂，追求者无数。她本可以这样一帆风顺地走下去，事业有成之后就结婚成家做母亲，过那种许多女人都向往的幸福生活。

但她却放弃了，别人是弃难就易，她是弃易就难，选择了一条异乎寻常的道路，一条没有同伴的道路，她从此改变了自己的航向，将人生之船驶进了险象莫测的没有航标灯的海域。一个女孩子，一个娇小的女孩子，一个上有哥哥姐姐的家中幺女，竟然选择了军事研究，而且还不满足于研究，还要实践，要带兵。怎么想也让人觉得不解。张可说她自己也无法解释自己对军事的那种迷恋，她说就像人抗拒不了地球的吸引力一样，她也无法抗拒军事对她的吸引力。

当然，一定要找原因也是可找的：她的父亲是个老军人，戎马一生，建立过无数功勋；母亲也曾是女兵；两个哥哥均是我军优秀军官。还有一个直接的原因，张可告诉我，就在那次优秀青年夏令营里，张可认识了几位立志为军队现代化建设贡献青春的优秀青年军官，他们的理想和热望极大地影响了她，将她深埋在心底的种子唤醒了，迅速冒出了新芽。

但即便如此，凡见过她的人都还是无法相信，这么个娇小漂亮的女孩子，从事军事研究？操枪弄炮？带兵打仗？不可思议。

觉得不可思议的人里，也有我。

我私下里想，是不是她觉得这事情好玩？时髦？新鲜？就如同有些女孩子把写作当成一件好玩的事一样。但渐渐地，我改变了看法，因为那不是一件好玩的事，从一开始就不好玩。

还在当药剂师期间，张可就开始了她的军事研究。她当了八年药剂师，就读了八年的兵书。女药剂师嗜读兵书，当时成了一个奇闻。那些兵书仅看书名我都觉得枯燥，如克劳塞·维茨的《战争论》、鲁登道夫的《总体战》、约米尼的《战争艺术》、富勒的《西洋军事史》等等，而她竟然啃了近两千册，光是摘抄的笔记就有八十万字！还不仅仅是读，她对自己的要求是，"日读万言书，夜写千字文"。读了之后她就开始写了，陆陆续续发表了数篇军事论文。最让人吃惊的是，在她二十八岁那年，她完成了一部军事理论著作《西方军事思想史概论》，足足三十二万字！

我想讲一个细节来说明张可的付出。就在当药剂师的那些年，她为了在规定的时间内（她自己规定的）读完那些生涩的兵书而又不影响本职工作，就利用每一个晚上和周末来学习。又为了不影响同屋的人休息，她就在药房里搭一张行军床。八年时间里，她竟然每个晚上都用来读书了。她本是一个很喜欢看电视的人，喜欢看外国电影也喜欢看音乐舞蹈。她母亲知道这一点，就买了一个电视机送到她的单位。但张可为了管住自己，竟然把新电视封存在别人那儿，不开箱。等数年后她完成了那本著作再取出电视机时，发现电视机已经坏了。

别人怎么样我不知道，我想我肯定是做不到的。到目前为止，我还没为哪件事，包括写作，下过这么大的功夫。所以有人说张可走到今天是运气好，我怎么也不能同意。

但这仅仅是开始。八年后，张可凭着她的著作和论文，也凭着她的痴心和热情，成为野战部队的一个作战参谋——新中国成立以来我军陆军作战部队的第一个女作战参谋。

当一名参谋和自己闷在屋子里搞研究又不同了，那得动手，得有两下子。刚开始她打军体拳时声音如蚊子，跑越野也跟不上趟儿，男参谋们自然有话说了，话是现成的：整个一个花拳绣腿。温和一点儿的就说张可你可真是选错了行。张可笑笑，她从不用嘴巴反驳别人。她就是下狠劲儿去改变。三个月参谋集训结束时，她这个唯一的女参谋取得了第三名的好成绩，受到师里的通报表扬。

靠什么？

接下来她带着女子射击队去参加大比武，她用自己的招数训练女兵也训练自己，正式比赛时，自己拿了个手枪25米冠军和50米第三名，团体拿了个第一。

又靠什么？

我想起人们常说的那句话，仅有热爱是不够的。

光靠运气更是不行。

当我渐渐了解了张可这些经历后,我就想,这真是一个特别的女人,她在军事上的确有才能,或者说有天赋。偶尔我问她一些军事问题,她就会滔滔不绝,也不管是否对牛弹琴。从她那激昂的语气里你完全能感觉到她的那种热爱。倘若她是一个男性,那么毫无疑问,一定会成为一个顶呱呱的军官,可她毕竟是个女性。这就让她的道路成为我,也成为世人所关注的路。

数天后我又在野战村见到了张可,一见之下我有些吃惊,怎么几天不见她就憔悴了?甚至有些蓬头垢面。我问她是不是很忙?她笑着说已经熬了三个晚上了,每天都只能睡三四个小时,正在写这次演习的解说词呢。

难怪。我捋了捋她的头发,笑着说,你该洗头了,头发都打结了。她爱惜地摸了摸,说可不是,但没有时间啊,再等等吧,最多两天,等任务完成了,我们就一起去县城洗澡。我知道张可参加演习和我们完全是两回事。我们是旁观者,她则身在其中。加上她的性格,总是很投入。据说她刚当副团长那年就赶上了一次大演习。那次演习她发挥得很出色,主动向团里建议增加演习中的高技术作战背景,还提出了将传统的练兵方法和高技术条件下的练兵方式有机地结合起来的想法,并在演习中带领官兵大胆采用抗敌高技术兵器,摸索出了高寒山地进攻作战的新战法,其良好效果受到了总部机关的表扬。

当然也有小花絮。听团里一位领导说,张可在演习阵地上依然保持着女人爱干净的天性。指挥部的帐篷让她收拾得干干净净,还铺上了地板胶。但大老爷们儿哪儿顾得了那么多,常常踩着两脚泥巴就进来了。张可就堵在门口,要求他们换了拖鞋再进。

我问张可是否有此事。张可说,当然。能保持一个好的环境干吗不保持?我说那他们配合吗?张可笑了,说他们嘀嘀咕咕的,但还是换了。

还有一朵大花絮呢。刚进入演习场地那天下大雨,张可和几个团领导一起指挥坦克往指定地点集结。道路十分泥泞,坦克要一辆一辆地拖,没想到拖到一半时道路塌方了,张可和几个团领导被困在了山顶上。眼看过了吃饭时间,大家都饿得饥肠辘辘。这时有人发现在临时休息的帐篷里有一袋面粉。张可作为唯一的女性,自然义不容辞地挽起了袖子,为大家烙饼。面和好了,没有擀面杖,她就用啤酒瓶擀,然后架上火烙。她一边烙,几个头头就一边抢着吃起来,狼吞虎咽地,让张可很开心。不想吃到半饱时团长发现,那饼还是半生的。

至今团长他们说起来,还觉得那饼非常的香。

张可把我们请进她的宿舍——一间简易民房。她忙不迭地给我们倒水,拿饼干,削水果。我看见一台笔记本电脑放在凳子上,打开着,上面是写了一半的解说词。她说她还有个重要任务呢,要写一篇在"十大女杰"表彰大会上的发言稿,演习一结束就要去北京开会。

有意思的是,张可当选全国"十大女杰"的喜讯,是部队到达野战村后传来的。据说当时帐篷区一片欢呼,战士们觉得自豪极了。他们的副团长不但是全国"女杰",还排在榜首。张可的领导,一位副师长笑眯眯地告诉我,当时我一听到消息简直高兴坏了,就好像是我当选了一样,逢人就大声嚷嚷,像个疯子。

张可如今已成为这支部队的骄傲和荣耀了。

我小声问张可,你们团里有女厕所吗?张可说没有,但她已经明白了我的意思,马上叫来勤务员:小杨,去看看有没有"敌情"。小杨自然心领神会,很快就回来报告说,没有"敌情"。于是我们三个女人就集体行动了,小杨放哨。我问张可,如果是跟随大部队行进在路途上怎么办?她回答说,没办法,只有不喝水,实在太干了,就用水沾沾嘴唇。我还来不及对此发出感叹呢,她就笑着说,这些都是小意思了,不算是困难。

我说,那你觉得最困难的是什么?她想了想说,是被认可。因为我每走一步都需要被认可。我一时没明白。她说,你看,你是个作家,当你发表了一定数量的作品后!大家就认可你了,以后你再写,只是巩固这种认可。而我却不行。在当一名参谋被大家认可之后,我去读作战指挥系统的研究生,这一来,过去的成绩就不再说明问题了,必须拿出新的行动来证明自己,让大家重新认可。在硕士生被认可之后。我又来当副团长了,又要拿出新的行动来证明自己,再一次让大家认可。我就是在这样不断被认可的过程中往前走的。

张可的这番话,着实让我对她刮目相看,她不仅在顽强地向着自己的理想走,而且对走过的道路看得十分明白,也十分清醒。回想起来，我第一次看见张可应该是在电视上，她接受中央台一个妇女栏目的采访，当时她在国防大学读硕士。我还记得她是坐在校园的草坪上接受采访的。她谈了她对女性从事军事研究的看法，表达准确，头头是道。她在读国防大学期间硕果累累，仅完成的著作就有九部。她的毕业论文《论一体化指挥》，以系统的观点阐述了未来作战指挥形态，填补了我军运用系统理论阐述未来作战指挥形态及其相关问题的空白，有些内容已被吸收进了新一代司令部条例和作战条令之中。

我再一次感叹，倘若她是个男人……

张可并不像我这么想："女人怎么啦，我就是要做我认准的事。何况社会发展到今天，已经为我的理想提供了实现的可能性。"

的确，我已经感觉到了，张可不怕坎坷，不怕障碍，或者说她习惯参加障碍赛，百米跨栏也勇往直前。就说她当副团长吧。当时让她分管作战训练，她上任后即为团队注入了一股新鲜活力，提出了学习高科技知识要与提高战术思想相结合、与掌握新装备相结合、与训练课题相结合的"三结合"思想。最让她自豪的是，在她的建议下，团里开办了一所军官高科技知识培训学校，采用交叉方法对全团军官进行轮训，她亲任校长，带领学员们学电脑，学英语，学驾驶，当然还学高科技知识，学战法研究，学外军作战理论。那段时间，团里到处都能听见琅琅的读书声，到处都能看到学员在一起讨论的情景。学习热潮不仅让军官们学到了知识，更重要的是让他们焕发出了一种精神，一种自信和热爱。

后来她的"学生"里有不少考上硕士的,这让她备感欣慰。

回想起来,我上次在团里见到张可时,正是她刚到团里不久、尚未被大家认可的时候。如今,张可已经一步一个脚印地把大家的怀疑和观望变成了信任和敬佩,她终于获得了她期待已久的"认可"。

第三次在野战村见到张可,已是临近演习的日子了。她的解说词已经完成,脸色也恢复了红润。她一见面就问我们,想不想去山里打坦克?我们一听兴奋不已,玩真家伙呀?太想啦!

我们就上了坦克。我和张可乘坐一辆,王曼玲和团长乘坐另一辆。张可嘱咐我不要坐在仓内,否则一颠簸就会晕车呕吐。我便学着她的样子站在坦克的驾驶座上,两手握着顶盖上的把手。刚出发时还觉得挺威风,等车一进入山谷,威风顿时扫地。无论我怎么用力握把手,怎么努力站稳,身体都像个面袋似的被甩来甩去。坦克倒是威风凛凛所向披靡,上高坡,下陡坎,碾过巨石嶙峋的河滩,坦克上的人可真是受罪了,我几次被狠狠地甩进仓内,爬起来刚站稳又被甩下去,如果不是手握得紧,那肯定就掉下去了。我的两只胳膊被撞得生痛,也没时间去抚摩。回头看王曼玲,龇牙咧嘴的,好像比我还惨。说实话,我当时真想提出下去算了,我宁可跟着坦克跑。

但终是说不出口。看看身边的张可,同是女人,个子还比我小,体重还比我轻,却稳稳地站着。见我摔得不轻,她教了我一些要领,但没用,我还是站不住。为了减轻自己的狼狈,我就问她,你当初练的时候也很惨吧?她笑着说,惨。最惨的是练三步蹬车,就是三步蹬上这个坦克。蹬了摔，摔了蹬，膝盖撞青了，下巴撞肿了，吃饭都张不开嘴。后来又学驾驶坦克，怎么也扳不动那个操纵杆，操纵杆有三十公斤重呢，我就用双手扳。最终还不是学会了！接下来她又是那句话：这些都不算困难，身体上的苦再苦能苦到哪儿去？我不怕。我早就做好思想准备了。

我知道她所说的准备，是指许多年前那次她一个人的远行。

1985年，就在她开始写《西方军事思想史概论》前，为了磨炼自己的意志，她决定一个人独自远行，去西北和东北。可当时她只是个二十三岁的年轻女孩，为了不让母亲担心，她就瞒着她，说自己是和同伴一起去旅游。而实际上，她一个人背着行囊上路了。一路上风餐露宿，有车搭车，没车步行，涉过江河，翻过高山，走访边境线，拜谒古战场，行走了上万公里。那次行走极大地开阔了她的视野，锻炼了她的意志。当然，也遭遇了许多来自自然和人类的危险。正是那次行走，为她后来克服种种困难打下了坚实的基础。

这让我再一次想说，张可的今天不是靠运气得来的，是她奋斗得来的、辛苦付出得来的。她的确是一个令我佩服的女人。她对自己钟情的事业所付出的巨大努力，是我远远不能及的。

那次远行对张可来说不仅仅是锻炼了意志和胆量，在我看来它还有更深刻的寓意，即预示着她的一生：一个人远行，没有同伴，也没有前人。

再说演习那天。我们也没有白被坦克折磨，终于打上了坦克炮，还打了高射机枪，过足了瘾。晚上脱衣服一看，胳膊上青紫一片，三天后才渐渐消去。对我来说这是一次难得的重要体验，但对张可来说，这样的事早已不足挂齿了。

演习结束后，我和张可成了朋友，彼此尊重，彼此信任。

转眼又是秋天，我再次见到了张可。

中国电视剧制作中心的一位编辑找到我，希望我写一个以张可为原型的电视剧，我没怎么犹豫就答应了。我觉得这个女人值得写。为了写电视剧，我又去找她，恰好遇到她人生的"低谷"：父亲病重住院，自己的工作也遇到了挫折。但张可没有叹一声气，这真让我佩服。她只是很平静地对我说，我现在终于明白了一个道理：人要承认失败。我过去总是不接受任何失败；现在我知道了，要承受失败，不是每一样事情你都能成功的。

张可更成熟了。我想，承认失败对她来说，是人生道路上的又一个台阶。我问，接下来你怎么办？她说，调整自己的心态，走下去，反正我是不会放弃的。

回家的路上我脑子里跳出了一个题目：一个人的远行。

对张可来说，此生她都将独自上路，一个人远行。

擦肩而过的二等功

某年,我因获得鲁迅文学奖荣立了二等功。父亲得知后欣慰地说,我们家终于有个二等功了。我问,你当年在朝鲜战场上出生入死修路架桥,怎么就没立个二等功呢?父亲说,只差一点点,被一个处分给抵销了。我大吃一惊,完全无法想象父亲这样勤勤恳恳老老实实的人,会挨处分。父亲神情复杂,给我讲起了发生在六十年前的故事。

1950年,父亲作为铁道兵的一员,跨过鸭绿江赴朝参战。作为北洋大学土木工程系的大学生,父亲不但有技术,还非常敬业。在冰天雪地的朝鲜战场,他和战友们历尽千难万险,不怕流血牺牲,尽全力保障铁路的畅通。他所在的部队,当时担负着守护大宁江桥的任务。大宁江桥是朝鲜金义线上非常重要的一座桥,当然也是被美军炸得最厉害的一座大桥,它的畅通关系到整个金义线的畅通。所以守护是不可能的,只能是不断地抢修,不断地和轰炸抢速度。敌机上午炸他们下午修,敌机下午炸他们夜里修;正桥断了,他们就修便桥。这样即使正桥一时难以修通,开往前方的汽车依然可以通过三座便桥或者水下浮桥畅通无阻。总之坚决不让这条重要的交通线中断,保障后方物资源源不断送上战场。美国媒体感叹说:"美国和其他盟军的飞机一直在轰炸共产党的运输系统,但北朝鲜仍有火车在行驶……坦白地说,他们是世界上最坚决的建设铁路的人。"轰炸不见效,敌人又换了一种方式,投掷细菌弹,用以杀伤这些"最坚决的铁路建设者"。父亲不幸"中弹":他被美军飞机投下的细菌弹染上了斑疹伤寒。这是一种死亡率极高的传染病,父亲被送到师医院,在医院里昏迷不醒,高烧不退,整整五天后才醒过来。全靠身体底子好。醒过来后不但重返战场,他身上的血清还救治了其他染伤寒的同志。

入朝第三年的秋天,父亲他们发现大宁江桥的其中一座桥墩有了一道裂痕,顿时万分忧心。桥墩出问题可不比桥面,事关重大。但裂痕是否严重,或者说有多长有多深,需不需要重修,大家一时拿不定主意。因为如果要重修的话,就必须先修建拦截大坝,抽干河水,再开始修建,工程量非常大。更何况处于战争中,没有片刻的安宁,重修更是难上加难。

大宁江水深几十米,桥墩自然也是几十米高。为了彻底弄清情况,特别是水下桥墩的情况,部队专门请了一个潜水队来探测。但潜水员潜到水底好几趟,上来说这里有裂痕,那里有裂痕,但裂痕多深,在什么位置,毕竟不是专业人员,表达不清楚。

父亲就向领导提出他亲自下水去看一下,以确定裂痕的位置和长度。领导就让父亲去潜水队作短暂训练。父亲的水性原本很好,小时候在剡溪里泡大(就是李白诗里写的"湖月照我影,送我至剡溪"的那条河),他的身体素质也很好。在短暂训练后,潜水队队长认为父亲没有问题,可以潜水了。

于是父亲就穿了潜水员的行头下水。当时已是10月。在朝鲜,10月的河水冰冷刺骨。父亲喝了几口白酒暖暖身子,潜水水中。他在水底围着那个桥墩反复勘察,仔细琢磨,终于心里有数了。他上来向领导报告说:裂痕不严重,桥墩可以继续使用,货车和客车都可以通过,不必重修。领导很吃惊,一再地问,你有把握吗?父亲说我有把握。

现在想,父亲真是太年轻了,如此责任重大的事情,也不知道给自己留个退路,说点儿有保留的话,就这么言之凿凿地表态了,完全是凭着他的技术和良心,丝毫没考虑其他。

领导仍有些难以决策,毕竟责任重大,仅凭一个年轻工程师的判断能行吗?这时,上级派来帮助他们解决难题的工程师表态说,他相信父亲的分析判断,如果有问题,他愿意承担责任。这么一来,终于决定不重修桥墩,继续使用了。

后来的情况,证明父亲的判断是正确的。那个桥墩始终没出问题。

由于父亲的精确勘察和正确判断,使得大宁江桥不但没有影响运输任务,还节省了大量的资金和人力。于是那位工程师提议给父亲报请二等功。大家也都觉得这是个重大贡献，应该立功。

可是，二等功报上去却没有批下来。一问原因，是父亲在此之前刚刚受过一个处分。

父亲"挨处分"的故事，就更有意思了。

三个月前，父亲所在部队接到一个重要命令：必须在十天之内将大宁江桥的正桥修通。可是，经过三年的反复轰炸，正桥已被毁得很厉害，按正常情况起码得修半年才能通车，就算是紧急情况也得两三个月的时间。可是上级下达了死命令，只给十天。因为和谈代表团的专列要经过正桥。当时专列已经到了距大宁江桥最近的一个车站，父亲他们都能看到一些外国人叼着烟下车来散步了。周恩来还亲自打电话来过问此事。如果十天内不能修好，就算违反命令。

军人以服从命令为天职，何况在战争时期。父亲和战友们只得全力以赴投入战斗。他们没日没夜、抓紧分分秒秒地干。父亲说，那十天里，他几乎没有躺下过，实在太累了，就坐着打个盹儿，全靠年轻的身体和强大的精神支撑着。时值7月，正是洪水泛滥时期，又给抢修工作带来了新的困难。每个人的压力都很大，很焦虑。可是越急越出乱，由于过度疲劳，一些技术人员在工作中发生了平时绝不可能发生的计算错误，以至于又延误了一些时间。

最终，他们在第十一天的晚上，修通了那座桥。但比上级要求的时间，晚了二十八小时。因为这延误的二十八小时，父亲和所有与此相关的人员都必须受处分，每人承担几小时。首先是团长，被撤职，然后是科长，技术人员等，一路排下来。父亲作为工程师，承担了其中的四小时，这四个小时的处分是：行政警告。

这就是父亲此生唯一的一个处分的由来，而由于这个"行政警告"，他三个月后该立的那个二等功，也给抵销了。

讲到这里父亲无比感慨地说，我从军三十五年，立了八个三等功，就是没有立过二等功。你总算是立了一个。

我也无比感慨地说，无论是你失去的那个二等功，还是你受到的那个处分，都比我得到的这个二等功更光荣。

最后一程

又是清明。屈指算,这是父亲走后的第四个清明节了。

每年清明,我都会回杭州扫墓。站在父亲墓前,我总是在心里默默地说,爸爸,你在那边还好吧?清明的新茶下来了,记着泡一杯呀。晒晒太阳,读读陆游的诗,一定是你最享受的。

父亲最喜欢的诗人是他的绍兴老乡陆游。在病中他曾赋诗道:"放翁邀我赴诗会,潇洒瑶池走一回。临行带上新龙井,好与诗翁沏两杯。"起初父亲写的是"潇洒黄泉走一回",我们非要他改掉,我们不愿意面对那样的现实,哪怕只是字面上的一个词。

但父亲最终还是赴黄泉了。纵使知道人终有一死,纵使明白他已是八十七岁高龄,纵使清楚癌症无法抗拒,我们依然悲痛万分,心如刀割。也许亲人离去的意义,就是让我们知道有多爱他。

而最让我无法释怀的,是父亲离开人世的最后一刻,我没能守在他的身边,没能送他上路。

从父亲患病到去世,我一次次地去杭州,利用假期,利用开会,利用采风，甚至利用周末短暂的两三天。成都杭州，杭州成都，反反复复。仅八月份就两次赴杭。即使如此，父亲离世时，我依然没能在他的身边。这样的遗憾，外人无法理解。甚至会有人问，你为什么不一直守在父亲身边？

我是军人，父亲是老军人，他一辈子严守纪律，也希望我一辈子严守纪律。春节离家时他就对我说，你不要再回来了，影响工作。回去后该干什么干什么，国庆节再回来吧。我顺从地答应了。为了证明他生病并没有影响我的工作和写作，3月里我去了云南边防，回来后还写了两篇人物报道，还写了小说。

但父亲病情的发展让我越来越没有心思了，4月里我借采风活动再次回家，5月里我借开会绕道回家，6月7月，哪怕是利用周末，我也尽量回家。父亲每次看到我，那神情是既高兴又责怪。我待不了几天他就开始催我，你该回去工作了。怕他生气，我有时只好待在病房外面，等姐姐出来。

最后的时刻来临。8月初的一天，姐姐打电话告诉我，父亲病情加重了，已不能进食，全靠输液维持。我心急如焚，再次赴杭。父亲看到我，连说话的力气也没有了，他努力抬起胳膊，点点我。我明白他的意思，他是说，你这个家伙，怎么又回来了？

彼时，杭州正经历着有史以来最炎热的夏天，我的心却冷到极点。更为煎熬的是，每天去医院，上午，下午，站在父亲的病床前，看着在生死线上挣扎的他，束手无策，仿佛在等那一刻的到来。这样的感觉非常糟糕。恰恰那段时间,我工作上又发生了诸多麻烦,于是在待了八天后,我又一次离开。

可是回到成都仅仅四天,医院就正式下了病危通知书。接到姐姐电话,我毫不犹豫地于当晚飞回杭州,生怕不能见父亲的最后一面。朋友深夜在机场接我,送我到病房时已是凌晨。父亲处于昏迷中,完全不能言语,即使睁开眼睛,眼神也是涣散的。

但生命有时候非常神秘,谁都无法把握。在医生看来已完全没有希望了,父亲却顽强地活着。在下达病危通知后,监视器的那些数据,心跳、血压、血氧,仍显示正常。但我们知道情况不好,因为,我们时时刻刻都能听到父亲因为疼痛而发出的呻唤。父亲本是非常能忍耐的,这样的呻唤一定是痛到了极点。只有在注射了杜冷丁后,才能有几个小时的安宁。很多次,我听到父亲的呻唤,走到床边,抚摩他的额头,或者肩膀,他一下子就安静下来。我不知道是我的抚摩可以止痛,还是因为他感觉到了亲人的担忧,努力隐忍着?

这样的守候,真是备受煎熬的守候。

我不知道自己该怎么办。

我想起了我的两位朋友,都曾经历过与我相同的痛苦。

一位是师政委,常年驻守边关。得知父亲病危,他从边关日夜兼程地往回赶,汽车,飞机,汽车,马不停蹄。一下飞机就接到妻子的电话,催促说,快点儿,父亲已进入弥留之际。当他赶到医院走进病房时,父亲却奇迹般地睁开了眼睛,眼里闪出明亮的光芒还有微微的笑意。所有人都惊呆了。之后，父亲的生命体征又恢复了正常。假期里，他寸步不离地陪着父亲。那是汶川地震的第二年，他率部队救灾的事迹已被写进一本书里，父亲说想看这本书，但已经拿不动了，他就捧着书让父亲读，父亲读完后，脸上露出欣慰的笑容。十天的假期很快就到了，他不得不离开。走的时候他对父亲说，我回去处理些工作，有空再回来看你。其实他和父亲都知道，这句话很难兑现了。父亲闭着眼睛没有说话，他默默转身离开。母亲说，他走后父亲睁开了眼睛，对母亲说，总算是见了他一面，没有遗憾了。

半个月后，父亲走了。噩耗到来时，他竟然因为有重要工作，关了手机。家人费尽周折才通知到他，那一瞬间，他大脑一片空白。

最终，他没能送父亲上路。

另一位朋友，是位师长，入伍几十年，一直与父母相隔千里。父亲病重入院时，家里人感觉已过不去这个坎了，让他做好准备。他便把假期留着。到了九月，母亲感觉父亲已到了最后时刻，便通知所有的子女回去告别，他也回去了。可是，二十天后，父亲的心脏依然顽强地跳动着，他的假期却到了。他是师长，不可能那么长时间离开岗位。母亲对他说，你走吧，你也算是送行了。父亲不会怪你的。他只好离去。

没想到，在他走后第三天，父亲就离开了人世。母亲打电话通知他时，他竟然没接到电话，因为当地发生了地震，他正率部队开往灾区救灾，行驶在信号不好的路段。到达后才收到短信。那天夜里，他一个人坐在帐篷里，默默落泪。第二天，他依旧把部队带到指定地点，安顿好，才飞回老家，匆匆参加了告别仪式，即返回灾区救灾。

他也没能够送父亲最后一程。

眼下，我和他们面临着同样的痛苦。

其实今天的部队，已经很人性化了，家里有这样的事，是一定会准假的。可是，你无法确定什么时候请假是最合适的，你不可能一直请假，或一直在家，你毕竟担当着一份责任。

尤其是我的两位朋友。相比，我要好一些，所以我想多陪陪父亲，又怕他不高兴。备受煎熬之时，我走到父亲床边轻轻问他，爸，我再陪你几天好不好？他立即把脸扭向一边，表达出明显的不快。但是，当姐姐附身对他说，我们让山山回去工作吧，他竟然清楚地说了一个字："好。"

这是父亲昏迷十天后说出的唯一一个字，一句话。是父亲留给我的最后遗言。那一天，是8月27日。我心如刀绞，决定走。临走前，我附在他耳边说，爸爸我听你的，回去工作了。他闭着眼，微微点头。他听到我的话了！我强忍着泪，迅速离开了病房。

回到成都后的第四天，8月31日凌晨，父亲走了。最终，我没能送上父亲最后一程。虽然我知道父亲不会怪我，但依然很长时间，我都无法释怀，无法走出伤痛。

我，和我的两位朋友，都没能送上父亲最后一程，我们都在父亲告别人世时，远在千里之外，因为我们有着共同的身份，军人。这是我们的宿命。

和徐贵祥做朋友的N个理由

我已经记不清是哪一年认识徐贵祥的了,这方面我很弱智,通常用"好像是很久以前"或者"大概十几年前"这样的模糊概述。但徐贵祥却很清楚,据他讲,是1991年左右,他刚从军艺毕业,作为解放军出版社的见习编辑,到成都来和我们创作室的一位创作员谈书稿。创作室请他吃饭(火锅),我们就认识了。

我相信他的记忆。不过我对1991年的徐贵祥的确已没有印象了。实际上那个时候,他因为中篇小说《弹道无痕》获奖,在军队文学圈已小有名气。我正埋头犁我的一亩三分地,顾不上关心他人。真正记住他,是在读了他送给我的小说集《弹道无痕》之后。我没想到我会喜欢上他的小说,那种充满阳刚之气的粗犷有力的生机勃勃的军营故事,让我读得津津有味,我将那本集子里的小说一篇不落地全部看完,还跟其他朋友推荐过。可惜那个时候没手机,也没网络,我对他的赞美一直无法转达,直到若干年后在某个场合见面,我才告诉他。但他已迅速成长到具有大家风范了,对我的赞美很漠然,让我觉得多余。

后来，在军内外的各种创作会上，包括一起出访俄罗斯，我们一次次见面，慢慢熟悉起来，熟悉到经常打嘴仗，互相嘲讽的地步。比如他打电话跟我寒暄：在写什么惊世骇俗的大作呢？我就说，现在构建和谐社会，我干吗要惊世骇俗？他发短信问我，听说你染红头发了？我说，哪个色盲告诉你的？他编了一个贫嘴段子给我（估计是群发）：如果你觉得我的作品比我人好，说明你很有品位；如果你觉得我人比作品好，说明你很有格调。我回复说，两样都不好，我就是个俗气人。他调到空军创作室后，伊妹儿了一张穿空军服装的标准照给我，大概想显摆一下，我回复说，除了军装好看，其他都难看。就在我写这篇东西的时候，他又发来短信：全世界读书人联合起来，掀起一个读《马上天下》（他的新长篇）、做时尚人物的热潮……我依然没放过找茬的机会，回复说，现在流行说时尚达人啦。

不过，现在这么一回顾，我发现主要是我在嘲讽他，他倒很少嘲讽我。究其原因，是因为我对他有气。

生气是因为，他答应给我们刊物（我供职的《西南军事文学》）写个中篇，却始终没写。有一次他已经很详细地跟我谈了那个小说的构想，写到中间困惑时，还打电话跟我聊过。记得当时我正在跑川藏线，走到某个兵站，他发短信问我有没有军线，我就用兵站的电话给他打过去，隔着千山万水，给他打气加油。我以为这一回应该没问题了，谁知他老先生写着写着，就把那个中篇写成长篇了，就是《明天的战争》。

要命的是，他居然还把书稿发给我，毫无愧疚地说，你在你们刊物上选发两章吧，帮我宣传一下。气归气，想到他的小说还是好看的，而且军队刊物不多，写军事题材的作家也不多。我就给他选发了两章。更要命的是，他下一次写了长篇，仍会让我帮他宣传，发一篇后记或者发一个评论。每次都说，这个题材容量太大，中篇无法承受。下次我一定好好写个中篇给你，说话算话。

其实我也知道他擅长写长篇。他那么大个块头，那么多的能量，中短篇哪里盛得下？我之所以那么"强硬地"向他约稿，是觉得他欠我人情：他荣获茅盾文学奖的小说《历史的天空》，是我推荐给人民文学出版社的，而且是在他最没信心的时候，多大的功劳啊，他居然不报答我。也许是为了让我消气，徐贵祥在文章里吹捧我是个"开明爽朗，还有点豪情侠骨的女人"，为了名副其实，我只好不再跟他计较。

转眼七八年过去了，眼看着他一个一个的长篇出笼，《明天的战争》《八月桂花遍地开》《高地》《特务连》《四面八方》《马上天下》……几乎是一年一本，本本都很厚很火。我除了生气，就是羡慕。除了羡慕，就是生气。

生气，却依然在和他做朋友，肯定是有原因的。

第一，徐贵祥是个让我尊重和佩服的人。自打开始创作，徐贵祥就一直很认真地写小说，并且很认真地写战争小说、写军队生活。不像我等，穿着军装，写的常常是与军队与战争无关的东西；也不像尔等，转身去写电视剧；在如此眼花缭乱、诱惑多多的今天，他能坚持啃军事题材这块硬骨头,并且啃出了滋味、啃出了大奖,我嘴上嘲讽,心里着实佩服他;这个就不展开了,反正表扬他作品的文章已经很多了。

第二个原因,他聪明,好玩儿。可以说,徐贵祥是我认识的朋友中,最表里不一的一个。外表看朴实厚道,实际上相当狡猾,说好听点儿是聪明;外表看有些木讷,实际上颇有幽默细胞。

这个可以展开说说。一朋友告诉我,她去徐贵祥家玩儿,徐贵祥就带她参观,走到主卧介绍说,这是男女生混合宿舍,走到儿子房间说,这是小男生宿舍,走到厨房说,这是炊事班,走到卫生间说,这是书房——他在马桶一侧修了很高的书架,摞满了书,还安装了比较明亮的灯。家里人多吵的时候,他就在厕所看书。

徐贵祥几乎从不转发他人短信,他的短信都是原创,我读他的短信常会忍俊不禁,前不久他还发了一个:手握一杆钢枪,身披万道月光,我驾驶着一辆二手车,行驶在长安大道上。我回复说,扔了你的钢枪握紧方向盘吧。即使拜年,他的短信也是自创,比如,徐贵祥战斗小组在×年高地祝你新年快乐!或者,在牛年到来之际,徐贵祥代表全世界公牛……(后面词儿忘了,反正是搞笑)。

有时他也会发智力测验题给我,比如,一个池塘种莲藕,每天以成倍的速度生长,三十天后长满池塘。请问,什么时间长到池塘的一半?我赶紧把答案回过去,二十九天,表示自己不笨。徐贵祥还是要打压我,回复说:我解这道题只用了1分钟,你用了3分钟。鬼才信。

徐贵祥脑子的确是好使，要说笨，就是在网络上是菜鸟，除了发邮件，其他都不灵。偶尔给我伊妹儿，信件主题上一定写着"给你推荐一篇好文章"，或者"发现一篇有趣的文章与你分享"，前者肯定是他自己的东西，且是发过的；后者肯定是吹捧他的东西，希望我刊登。我一般都懒得理他。

徐贵祥宣传自己，历来是勇敢的，不含蓄的。但我发现他在自我表扬的同时，也常常表扬他人。《历史的天空》改编为电视剧后，大火，对小说原著起到了很好的宣传作用，徐贵祥对此毫不否认，我几次看到他在媒体上说，他非常感谢编剧、导演和演员，是他们的辛勤劳动，让更多的读者知道了这本书。而不是说，自己的小说在电视剧之前就已经很有影响了，已经是名著了，等等。

所以我虽然嘲笑他喜欢自我表扬，却不得不承认，他宣传归宣传，但不炒作。我以为宣传和炒作是有区别的，前者以事说事，后者借事造势。所以，徐贵祥迄今为止虽然得了一大堆奖，名气却不是很大。

这应该是第三点原因，他面对媒体的态度，比较本分，不装腔作势。

徐贵祥对帮助过他的编辑（含我），都时常表达谢意，写文章也好，回答记者采访也好，有机会时，他都会表达出来。我以为这也是聪明。当然，不仅仅是聪明，还有善良。

这就是我愿意和他做朋友的第四个原因了。在这点上徐贵祥也是表里不一的，外表看上去粗犷，甚至粗糙，像个土匪，实际上很细致，很周到，小眼睛一眨一眨，貌似在说，我本善良。

我说徐贵祥善良，他一定会不好意思，可我还是要让他不好意思一回。汶川大地震发生后，徐贵祥的老部队在重灾区青川县救灾，徐贵祥赶去采访。面对满目疮痍，徐贵祥觉得自己不做点儿什么过不去，于是一举捐出了二十万，专门用于资助青川的受灾学生。他在和当地教育局签了协议之后，马上就去银行把钱打了过去。

我要说的不是这个。这个已经被报道过了。我要说的是捐款之后的故事：有个青川的女大学生知道了这事，就到教育局申请资助，教育局回答说，这笔钱是专门资助当年高考状元的，她不符合条件。这个女孩子很勇敢地给徐贵祥打电话。她说我也是受灾大学生，家里房子都埋了，什么都没了，你的那笔钱可不可以资助我一些？徐贵祥为难地解释说，二十万交给教育局后，他就无权再干涉分配了。

但徐贵祥还是心软了，他打电话跟我说："我听了这小姑娘的电话有点儿不忍心。"我问那你打算怎么办？他说，要不你帮我见见她，如果情况属实，我就资助她。

我当然无法拒绝这样的请求，于是约见那个女大学生，得知她家里的确受了重灾，虽然父母逃生，但已一贫如洗。于是我将准备好的两千元钱给了她，然后打电话给徐贵祥汇报。徐贵祥说，是这样的话，我应该管她的，我把钱给你。我说算了，你已经资助那么多了，这两千就算我资助的好了。徐贵祥说那不行，是我委托你的。不久之后，徐贵祥就托朋友把钱带给了我。我发短信说他，你真够呛。他回复说，君子要言而有信。

让我们欣慰的是，这个女大学生也是比较好强的，自此之后，再也不肯接受徐贵祥或者是我的资助了，每次问她怎么样，她都说没问题，她在打工。但徐贵祥还是时常关心他。现在他在给我许愿写小说时，内容就有了变化：你放心，我一定会给你写个中篇的，到时候你就把稿费直接给小青（那个女大学生）。

其实我早已放弃了跟他约稿的打算，但只要见面，他依然信誓旦旦地说，我一定会给你写个中篇的。这誓言从2000年回响到2010年，渐行渐远。当然，只要他健在，就不能算食言。

所以我继续等待着，等待有一天，他把长篇写成中篇。

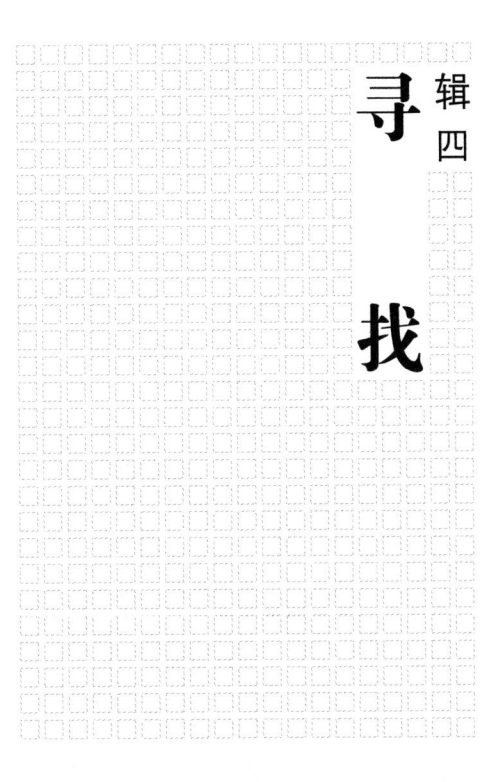

辑四

寻　找

从绝境中突围

炮团团长周洪许大概从来没想到自己也会陷入绝境。这位生于1971年的年轻团长,这位具有硕士学位的中校,这位成都军区老牌先进团队的主官,在2008年5月17日夜里,陷入了此生从未有过的绝境。

因为他不是一个人,他的身后还有两百多名官兵,两百多名需要疏散的群众。这就让他更加忧心如焚,令绝境更加可怕。

其实从5月14日凌晨,周洪许率炮团从遥远的云南开进绵竹参加救灾以来,就没有一天不经历危险,没有一天不在突围。因为他们担负的是绵竹汉旺镇受灾最重、地处最偏远的三个乡村的救灾任务,几乎就是在危险里打滚,出生入死这个词对他们来说不是形容,是每天的状态。

最初炮团到达汉旺镇时,当地指挥部并没有派他们去最危险的乡镇救灾。可是周洪许很快发现,汉旺镇的救灾部队很多,已难展开,而隶属汉旺镇的三个偏僻遥远的乡村,清平、金花和天池,却还没有部队前往,那里的群众受灾情况很严重。

周洪许和他的团队历来是喜欢啃硬骨头的,他立即找到指挥部领导,请求把这一急难险重的任务交给他们炮团。指挥部领导非常感动,也非常信任他们,很快就同意了他的请战。

从这点看,危险和绝境都是周洪许"自找"的。

下午两点半,周洪许立即收拢所有部队,命令沉重的物资派人留守,其余六百六十名官兵,携带三日份主食,两日份干粮,向三个山乡进发。这个时候,全体官兵从接到命令开进四川以来,已经一天两夜没有休息了。

其时,通往三个乡村的路已不成其路,强震造成的大面积山体滑坡将多处道路拦腰截断,很多路面严重变形,不时有山石从山上滚落。从汉旺镇出发不久,道路就截断了,六百余官兵下车徒步,兵分两路,以急行军的速度向山乡进发。

周洪许率其中一路前往清平乡,政委率另一路前往金花乡。再往前,两路又分别再分两路成四路,每一路都如利剑般射向边远乡村,给那里的灾民带来生的希望,他们一路走一路救人,一路走一路开辟通道,一路走一路分发救灾物资。百姓们看见他们好像看见救星一般,眼里充满了希望。

前去侦察的士兵向周洪许报告,清平乡百分之八十以上的房屋都倒塌了,人员伤亡较大,一直在等待救援。天黑前,经四小时的急行军,周洪许所带的分队进入了清平乡,与乡领导会合,简单交换了一下情况后即刻展开了救援。

展开救援的情况大同小异，我不再描述。我把这组数字写在这里：截至21日，炮团官兵从三个乡的废墟里救出幸存者五百七十四人，转移受灾群众近七千人。还做了大量的修路、修停机坪、装卸救灾物资，以及消毒防疫等工作，受到群众和临时指挥部的高度赞扬。

但其中的一次特殊营救，有必要详写。

那天（15日）黄昏，当周洪许指挥官兵转移大量受灾群众出山时，忽然接到群众报信，说清平乡云湖国家森林公园有十八位专家被困，生死不明，请立即前去营救。由于道路和通讯完全中断，公园遭受破坏程度和被困专家的情况一无所知，乡长和乡亲们听说了，都纷纷劝周洪许第二天天亮再走，他们说那条路非常危险，夜里走就更危险了。但周洪许感到一刻也不能耽误了，立即从救灾部队中挑选精兵强将一百四十人组成营救小分队，在当地向导带领下迅速出发。他们从公园后山徒步翻越海拔近2000米的高山，沿途塌方滑坡险情不断，经过近四小时的急行军，小分队于晚上十点到达了云湖公园。云湖森林公园已没有了往日的秀丽与安宁，到处都是倒塌的房屋、残垣断壁。官兵们来不及喘息，兵分五组展开搜索。半个小时后，在一块不大的草坪上的一顶帐篷里，找到了被困的老专家！

看到一群身着迷彩服的官兵，专家们又惊又喜：你们真是神兵天降啊！这些老专家全是六十岁以上的老人，一时间老泪纵横。其中一位八十四岁高龄的老人黄锐说，我们就知道政府不会不管我们，解放军肯定会来救我们的，终于把你们等来了！

据老人们讲，地震时他们正在房屋中休息，房子倒塌后夺去了三位专家的生命，另有三人受重伤。幸好云湖公园的工作人员还比较负责，将他们组织在一起，把仅有的粮食集中在一起，保证他们每顿能喝上稀饭。战士们马上用自带的炊具给老人们埋锅做饭，同时为受伤的老人包扎伤口，还从废墟中寻找出了有重要资料的笔记本电脑。

待一切就绪，夜已经深了，并且下起了小雨，为确保专家们的生命安全，周洪许决定第二天天亮再走。他就和战士们裹紧雨衣，在老人们的帐篷外，整整齐齐坐了一夜。

第二天早上六点，战士们就找来竹竿、木板、绳索制作了十五副简易担架，准备让每个老人都坐担架。八点整，官兵们准备分组抬老人上路。看到官兵们的艰辛，几位老人执意不肯上担架，要自己走，七十一岁的陈忠友老人说：你们太累了，要是背我我就不走。但战士还是把老人背在了背上。

山高路险，危机重重。战士陈玉乾左脚不慎踩中约四寸长的铁钉，差两毫米就被穿透，血流不止，但还是咬着牙坚持走了回来。一路上，不少受灾群众看到解放军，就跟了上来，队伍越来越大，周洪许非常谨慎地指挥这支特殊的队伍，终于在下午两点，将老人们护送到了清平乡一个较为安全的广场。

周洪许立即向上级报告，请求派直升机运送老专家到成都。

下午六点半,直升机降落在清平,他们将老人一个个扶上飞机,看着飞机升空离开了灾区,周洪许的一颗心才放回到肚里。

但周洪许还来不及喘口气,又一个让人心惊的消息传来:清平乡偏远处的两个自然村里,还有两百多名老弱病残没有撤离,而他们所处的位置已成孤岛,在他们的上方,有两个堰塞湖已成悬湖,随时可能决堤,所以必须将他们尽快解救出来。

周洪许又一次主动请缨,他对清平乡党委书记谭书记说,这个任务交给我们吧,我们一定把这些群众解救出来。

谭书记真是于心不忍。此时是16日晚上八点,且不说天黑路险,周洪许和官兵们也已经三天两夜连续作战、极度疲惫了。但周洪许说,你放心吧谭书记,我们是乌蒙铁军,没有过不去的坎,能进去就一定能出来!

说罢他就带领两百多名官兵出发了,一刻也不再耽误。虽说他向书记拍了胸口,但还是有些担心的,若不抓紧时间进去,恐怕就进不去了。那里将成为死亡地带。

"我当时只想着赶紧把那里的群众解救出来,丝毫没想到自己会陷入绝境。"采访时周洪许团长老老实实地对我说。

但是我想,他就是想到了,也一样会马上出发的。

因为他是军人。

和他一起前去的,是团装备处处长赵岗和后勤处副处长张开顺。

他们以急行军的速度开进，一路上的危险无暇细说。到达后，迅速将剩余的两百名群众组织起来。

周洪许发现，这些落在后面的灾民，大多是伤病员、老人、孕妇、孩子，是最弱的群体。这使得护送任务变得更加艰巨。

17日早上六点左右，天蒙蒙亮，战士们扶老携幼上路了。张开顺处长带八名战士做开路先锋，周洪许则带着其余两百名官兵和两百多名受灾群众紧随其后。赵岗处长殿后。沿途塌方滑坡险情不断，道路因乱石和倒掉的树木而障碍重重，队伍缓慢地前进着，抬头望去，山崖欲坠未坠，面目狰狞。

在离开清平乡两公里左右时，突然发现没路了：昨天夜里他们过来时还是浅浅的可以涉过的水流，此时已形成两百多米宽的一道堰塞湖，湖水大约深六十厘米，水流湍急，形势危急。

周洪许先考虑用废弃的汽车轮胎当小舟将人渡过，可是水很大，还在继续上涨，一旦轮胎倾翻，群众的安危，战士的安危，都让他不敢冒这个险。

作为先行官的张开顺，随即找来一条钢丝绳，让水性好的两名战士，将钢丝绳的两头分别固定在湖面两端的大石头上。然后，部分官兵手拉着钢丝绳下到水中手拉着手，组成一道人墙后，护送灾民一一走过。有位体弱的妇女走到一半，竟被水冲得漂了起来，幸好战士在身边护送，一把将她拽住拉了过去。

第一道险关过了。

没想到走了不到两公里，险情又出现了：又一道两三百米宽的堰塞湖出现在面前，不仅水流湍急，而且比前面那个堰塞湖深得多，昨天还冒头的树木都被淹没得看不见了，人下去必没过头顶。

道路再次中断。

周洪许命令队伍向另一处绕行。

没想到那里竟是一道悬崖！

沿途返回，等候救援！周洪许再次下令。

可是当张开顺带先遣队返回到先前的那道堰塞湖时，才发现水面已经上涨，就是用钢丝绳也无法再渡。就是说，他们不可能从原路返回了。

一时间官兵们进退两难。

此时他们与外界的通讯联络完全中断，想求援也已经不可能。

张开顺不甘心，找来一根背带系在一名战士腰上，拉住，让他进入湖中试深浅。那位战士"扑通"一声进入水中后，竟然就没了踪影。张开顺一惊，赶紧抓住绳子把他拽上来。战士吐出一口水后告诉张开顺，湖水至少有两米多深了，不能涉过。

无法前进又不能后退，他们陷入了真正的绝境。

跟随在后的灾民看到这一情形，都面色苍白惊悸不安。队伍中出现了躁动不安的情绪。周洪许一边安抚受灾群众，一边迅速地考虑突围方案。

周洪许给我讲述这段经历时，感觉语言已无法表达，就拿起桌子上的录音笔和本子当模型，摆来摆去，告诉我他们当时处在一个什么样的境地：前面是堰塞湖，左边是悬崖，后退又是堰塞湖。而我，无论他怎么比画怎么讲述，也无法身临其境。我知道灾难是无法靠想象抵达的。

我只是问他，那个时候你感到恐惧了吗？

他说，没有，只感到压力很大。那么多的群众，那么多的官兵。我必须把他们安全地带出去。如果是我一个人，反而无所谓了。

身处绝境，周洪许一再告诫自己要冷静。既然不能前进也不能后退，不能直行也不能绕道，那么，就飞起来吧。

他抬头看了一下身边笔直的绝壁，再看了一下手上的地图，只有攀缘绝壁这一条路可走了。

绝壁与水面的绝对高度为1100米，其难度非同一般，他命令先遣队在前攀缘探路，当队伍爬到一半时，前面探路的战士惊悚地向他报告，这座山已经断裂，两边分别出现了八十多厘米的裂缝，裂缝深不见底。

周洪许简直无法相信，他亲自爬上去察看，果然看到一丈多宽的裂缝，两边是刀削一样的悬崖，中间只有六十来厘米宽的路。

这样的路，也得走，只能走了，这是唯一一条生路了！

张开顺带着八名战士在前面一边爬，一边用砍刀在爬过的道路上砍出一个个脚坑，好让后面的人踩稳。让人紧张的是，这一批营救出来的226位灾民中，有35人伤势严重不能行走，还有两名孕妇不能行走，还有早已累坏了的8名儿童不能行走，这45个人，都需要战士背负。

"绝不能丢下任何一个群众！"周洪许下令，让战士们轮流背着这45人继续爬行。

因为几天来很少吃东西，一名战士背负孕妇时，脚底打滑，眼看就要背着那名孕妇坠入山涧。跟在他后面的周洪许赶紧爬过去，一把将战士拽回。望着眼前的一切，灾民们被吓得面色苍白，回不过神来。

这时，山腰传来轰鸣声，一架架直升机正在低空盘旋搜救。伴随着直升机掠过时发出的轰鸣声，山顶的巨石暴雨般往下坠。

周洪许用手势告诉大家不要出声，保持安静。大家就眼巴巴地看着搜救直升机在山下穿越，屏住气息不敢呼叫。因为整座山体已经松动，稍稍的振动都可能出现新的塌方，一旦脚下的山再次滑坡，他们将全部丧生。

张开顺在前，赵岗殿后，周洪许指挥着整个队伍小心翼翼地在那条窄窄的山脊上一步步挪动。多数时候，他们需要四肢并用。又一架直升机飞来，随着轰鸣震动，山腰上"轰隆"一声巨响，扬起滚滚尘烟。周洪许满脸是汗，他往路两边看了一眼，心一下子提到了嗓子眼儿里，死亡正张大了嘴在下面等着他们。

周洪许就这么悬着一颗心，带领队伍走过了这段不过是1.5公里的山路，花了整整三个小时。

当他们终于抵达白云庵附近的一座大山上时，发现前面又没有路了。所有的人都有些绝望了，体力的大肆消耗，意志的猛烈摧残，让每一个人的生理和心理，都到了承受的临界点。

有的灾民已表示他们不想再走了，是死是活都听天由命了。

周洪许急速地思考着：此时若在山上停留，一旦大家体力耗尽，那谁也出不去了！必须马上离开。

他坚定地下达了出发的命令。此时，他的意志就是全队人的意志。官兵和群众看到他坚定的眼神，又一次鼓足勇气，上路。

张开顺带着八名战士手持砍刀，在密林内砍掉荆棘开出一条小路。后面的人扶老携幼依次前行，经过三个小时的艰难行走，前方出现了一条尚未完全断裂的乡村路。周洪许赶紧查看地图，发现这条路竟然直通天池乡。他感到一阵欣喜。晚上八时左右，一行人终于走到了天池乡。

眼前仍是让人心里发凉的情状：天池乡已被漫上来的湖水吞噬。现场除了天池中学的大门还露在水面外，就只剩下天池中学七十多岁的退休教师王老师了。堰塞湖上虽然有两个木排，但天黑不敢贸然使用。周洪许下令，就地宿营，等待天亮。

这是17日夜，距他们和外界失去联系，已经十二个小时了。

老天爷毫不眷顾他们的辛苦疲惫,电闪雷鸣地下起了大雨。他们从废墟中刨出一块篷布,搭了个简易帐篷,让伤员和孕妇躲避,其余人员在大雨中等待。

好不容易熬到天亮。周洪许和张开顺再次带领官兵突围。天池乡留下的唯一老人王老师,成了他们的向导。

在又一次的漫长的艰难的跋涉之后,18日晚七时左右,周洪许率领官兵和226名受灾群众,终于全部走出了险境,到达了相对安全的可通汽车的马尾乡。

这个时候,距离他们17日早上七点出发,时间已过去了三十六个小时,这三十六个小时,就是后来网上吵得沸沸扬扬的"乌蒙铁军"失踪事件。

我想,那些喜欢炒作的人永远都不会明白,这支队伍在断食三天三夜,在危机四伏的死亡之路上,是怎样凭着坚强的意志,将226名群众营救出来的;而周洪许这个年轻的团长,又是怎样在绝境中沉重冷静,指挥队伍突围的。

也无须他们明白。

我问周洪许的搭档曾祥明政委,在和团长联系不上的那三十多个小时里,你是不是非常着急?

曾祥明说,我当然很担心,但我又很有信心。因为我太了解他

（周洪许）了，我知道他的素质，相信他一定能把队伍和群众都安全带出来的。

曾政委面带微笑地回答我。

我合上本子，跟周洪许开了个玩笑。我说周团长，那个时候，你是不是觉得你的眼镜儿很碍事啊？

周洪许一下乐了，说是啊是啊，汗水雨水把镜片搞得很模糊，我真恨不能扔了它。

这位了不起的团长，戴着一副眼镜儿。

龙宝坪大营救

5月15日，我抵达绵竹采访时，在某红军师抗震救灾指挥所见到了老朋友，该师副政委刘渠，他顾不上寒暄，就告诉我们，他的部队今天早上派出一支小分队前去营救龙宝坪灾民，尚未返回。我连忙追问详情。

刘渠说，今天早上有群众送来消息，说在绵竹最北面最靠近地震中心的金花镇龙保坪，有八十名受灾群众困在山上，需要立即营救。我们马上组织了一个由工兵营为主的63人小分队（其中有三名地方医护人员），前去营救。"战斗已经打响，我们冲锋在前。"这是我们红军师的光荣传统。小分队由战勤科长张乐带领，早上七点出发的，但汽车到金花镇后路就断了，小分队只能下车徒步前往。以后就失去了联系，现在仍情况不明。

当时是15日晚上七点。

我的心也随之紧张起来。我了解到，12日下午地震发生时，该师正在距绵竹167公里处的崇州受训。当日晚上七点接到第一个命令，直接奔赴汶川灾区。当部队到达都江堰时，新的命令要求他们中的一部分立刻绕道转向绵竹。于是刘渠便带领580名官兵连夜强行军，于13日早上六点半抵达了绵竹，他们啃了两口干粮就开始投入营救。到我们去时，已经奋战三整天了，官兵们连续作战，吃干粮，喝冷水，每天休息时间不超过六小时，已营救被困群众154名，从废墟里搜救出被掩埋的灾民369名，其中生还86名。

我们在指挥所等到八点半，依然没有小分队的消息，不便再耽搁了，只好离去。但我的心里一直惦着这一营救行动。

16日我们前往映秀采访，通讯联络中断了，无法与刘渠副政委联系，待17日返回成都后，我连忙再次与之联系。让我感到高兴的是，他一上来就告诉我，第一次营救行动已经成功了，就在那天晚上我们走后两小时，十点十分，小分队回到了绵竹，成功营救出了38个灾民。

我非常高兴，尽管他很忙，我还是一再请求他给我说说详情，他便在电话里断断续续地给我讲起了营救故事。说断断续续，是因为他那边不断被各种急事打断。

那天上午，我们的营救小分队从金花镇开始徒步往山上走，由于塌方泥石流，山路危机四伏，途中，他们遇到一支返回的部队，说前面没有路了，无法再走了。小分队便停下来开了一个短暂的会议：走，还是不走？很快就做出决定，继续前进。又走了两小时后，再次遇到一个从山上下来的村民，告诉他们不能再往前走了，非常危险，已经有人摔下江去了。这时，带队的张乐科长非常矛盾，一方面，他渴望带领队伍迅速完成任务，另一方面，又要为63个战友的生命负责。但小分队的所有同志几乎异口同声地说：我们不能退，坚决往前走！我们是红军师，就要发扬红军精神，比起红军来，我们面临的困难算什么？

于是继续前进。在徒步行军了七小时后，小分队终于到达了龙宝坪！当等候在那里的80个村民看到他们时，激动得一个个说不出话来，流着眼泪，拉住战士的手不放。

小分队立即清点人数，察看伤员。医护人员则当即为一位五十多岁的大妈实施了手术。庆幸的是，村民中有一个比较负责的村长和一位退伍老兵，将村民组织在了一起，还成立了临时党支部。村长告诉小分队，他们龙宝坪除了几个村民遇难外，多数人幸存活下来，负了一些轻伤。但房屋完全倒塌，没吃没穿，情况依然很危险。

但山路艰险，受伤的老弱的，都无法徒步走出去。小分队和村长商议后做出决定，把38个可以走路的村民先营救下山，回去汇报情况后再进行第二步营救。村长和退伍兵等五个青壮年主动表示留下照顾老弱伤残。小分队便将这38个村民护送下山，又徒步走了七个小时后，终于在当晚十点十分返回绵竹，将38个灾民妥善安置。

我连忙问，后来呢？剩下的42个呢？他们怎么办呢？

刘渠说你别急，听我慢慢讲哈，很曲折呢。我在15日当晚，就给上级打了报告，请求派直升机营救剩下的42名受灾群众。上级马上将这一任务交给了陆航五团。16日中午，就是昨天，两架米171直升机就飞临绵竹了。我领着一支救援分队乘机前往营救，带着食物和水。可当他们飞临龙宝坪上空时，发现还是无法降落，原先看到的比较平坦的河谷，靠近才发现全是污泥。飞机只好拉起来，空投食物和水。

眼看着无法降落，我心里急得不行，我从舷窗上看到下面的河滩上，有着很大的三个字母"SOS"，还看见一个村民不停地摇动手中的红布，也许是红裤衩，我深知村民们已经焦急万分了，灵机一动，迅速找出纸和笔，在食品盒上分别写下"老乡，要想得救，快将停机坪清理出来"，还有，"老乡，你们一定要坚强，我们明天再来"。然后将食品和他们的心情一起，空投了下去。

昨天晚上回到指挥所，我又一次给上级打报告，请求再次派直升机前来救援，并提出了两套营救方案。一是先由直升机投放人员到河谷清理停机坪，两小时后直升机再飞入进行救援；二是小分队先由路陆进入清理场地，然后直升机降落进行救援。可是今天（17日）早上天却阴了，到中午仍布满乌云。眼看今天不能飞了，我们迅速做出决定，再次派出一支五人小分队，从地面徒步进入龙宝坪，帮助灾民开辟停机坪。

这个五人小分队，仍由张乐科长带队，出发时，送行的和执行任务的都非常悲壮，大家心里都有些担忧，那样危险的山路，也许一去不能回。但没有人退缩，心里都抱着一个简单却是坚定的信念：一定要救出被困的村民！生命不息，救援不止！庆幸的是，这一次，有一支八人组成的登山队志愿者加入了进来，他们的专业技术给我们小分队很大的帮助。而且上级装备的北斗一号手持用户机也正好配备到位。小分队下午三点出发，十点抵达龙宝坪，在村民已经清理的基础上，用了两小时快速地将停机坪整理完毕，然后用北斗一号给指挥所发回信息。我收到他们的信息稍稍放心一些，现在，他们已经在返回的路上了。

这样一来，明天的直升机就可以顺利降落，营救出那里的受灾群众了！刘渠显得很兴奋。在我印象里，他一直是个稳重内向的人，此时也表现出少有的兴奋。

我也很兴奋，我说，那我明天再打电话吧。

18日晚，我在采访间隙再次打电话给刘渠，追踪龙宝坪大营救行动。刘渠副政委一接电话就高兴地说："成功了！营救成功了！所有灾民都救出来了！"今天（18日）上午十点半，我们营救分队乘坐两架黑鹰直升机从绵竹起飞，顺利降落到龙宝坪，一共飞了五个架次，将那里的受灾群众和部分救灾人员一起，全部安全运送出来，现在，受伤的已送往医院，其余的都分别进行了安置。

我在电话这头长长地舒了一口气。这样，从15日早上开始的龙宝坪大营救，到18日下午五点，终于画上了一个圆满的句号。80名受灾群众的生命终于得到了延续。我的心也随之而踏实下来。

英雄有名

5月12日地震发生以来，无数的解放军官兵奔向灾区，无数的武警战士、消防官兵奔向灾区，无数的救援人员、医护人员奔向灾区，在这浩浩荡荡的队伍中，出现了数不清的无名英雄，我曾在第一次前往灾区采访后，写下了《我不知道他们叫什么》的短文，表达了对这个无名英雄群体的敬佩和尊重。而现在，随着抗震救灾的深入持续，更多的英名被传扬，也许这就是我们这个时代媒体的力量吧，英雄有名，我们知道他们叫什么。

5月13日上午十点半左右，地震发生已经20个小时，在绵竹市汉旺镇武都小学的废墟上，救援工作正在紧张进行。突然，余震袭来，残存的房屋发生二次垮塌，几名战士眼疾手快，赶紧将正在废墟下救人的战友拉了出来。就在他们准备撤离时，这名刚从废墟底下被拉出的战士突然跪下，哭着哀求道：求求你们让我进去吧，马上就可以把她救出来了，我还可以再救一个的……

这句发自肺腑的哭求被媒体报道后，深深地震撼了国人的心。这个下跪的战士名叫荆俐杰，是绵竹市消防大队的新兵。从5月13日以后，全国人民记住了他的名字，记住了他那发自内心的哭求。

荆俐杰尚不满十九岁，可还有个比他更小的战士，生于九零后的新兵严情勇，更让人唏嘘不已。

15日早晨，驻滇某装甲团一个刚满十八岁的年轻战士跟随部队抵达安县高川镇抢险救援。当时，高川镇整条山路都毁了，坍方的泥石流从高川镇所在的山脚下延伸到村民聚居的山顶处，单程需要七八个小时，战士们采用接力传递的办法背送伤员。这个小战士负责的一段山路，背食品需要两个多小时，背伤员需要三个小时，他一度连续往返二十多趟，中间从未休息过。16日晚十一时左右，小战士的下腹部开始剧烈疼痛。他没有吃药，没有告诉任何人。17日，当他背着五十公斤重的粮食进山时，腹部阵阵绞痛，可他依然没吭一声，把腰带扎紧，忍住病痛，继续参加救援。18日，当他背着一位老奶奶下山时，突然身子一歪，但他仍拼命用手撑住地面，将老奶奶轻轻放下，随后昏了过去……

19日十时三十分，上海二医大救护中心为他实施了手术。医生说，他的病情是由于疝气引起大网膜穿孔，小肠已流进阴囊造成肿大，变成嵌顿性腹股沟疝。这个病会产生常人难以忍受的剧痛。这个年轻人竟然忍住常人不能忍受的疼痛，坚持营救数十小时，这是我们不能想象的。当护士们为他更换衣物时，发现眼前这个年仅十八岁的战士，十个脚趾都磨烂了，背脊上有严重的压痕，还有为了止痛用武装带紧紧勒住腰部造成的紫痕，大家都忍不住哭了。这需要怎样的意志啊。

这个小战士叫严情勇，我相信严情勇的名字，从此和"钢铁战士"四个字连在了一起。

还有。

率部队第一个走进汶川的四川省军区副司令员李亚洲；

失去二十多位亲人仍继续坚守在救灾岗位的绵阳游仙区人武部政委郑强；

带领突击队开辟立体生命通道直达映秀的许勇军长；

一次次冒死穿越死亡峡谷解救灾区人民的英雄陆航团；

等等。

这一个个响亮的名字，已经频繁地出现在了媒体上，也将出现在抗震救灾的表彰会上，感动国人，激励国人。

可是我要说的是，还有许许多多的名字，不被人们所知，或不为人们所熟悉，他们也是英雄，他们也同样令人感动。让我把我所知道的，告诉大家。

因为我知道他们叫什么。

一位刚满十九岁的小战士，随部队在茂县救灾。那天他和战友们每人背着五十斤大米从南新镇出发，送到10公里外的文镇村去。一路都是悬崖峭壁，不时有飞石乱滚。小战士一直走在前面开路。突然，他感到左膝一阵钻心的疼痛。原来左膝盖不知什么时候被划破了一条长约两厘米的口子，鲜血已浸透了膝盖以下的裤腿。可小战士一声没吭，只是从路边扯来几棵草蒿，放在嘴里嚼烂敷在伤口上，再从挎包里撕下一块布，三下五除二把伤口包好，又扛上米袋往前走了。

接下来的两天，他照样和战友们一起早出晚归，送粮到村里，然后展开救民助民劳动。在受伤的三天里，他和四名小组成员一道，帮助村民从危房里抢救出粮食三千多斤，腊肉一千多斤，衣服被子等生活必需品若干，排除危房十八间，清理掩埋家畜尸体三十多具。他的班长说：他总是拣最重的活干，从不吭一声痛。

直到三天后，指导员才发现他的伤口已经红肿化脓，强行将他送进茂县人民医院临时住院部。这是住院部住进来的唯一一名救灾受伤的解放军战士，也是伤情最重的病员之一。第二军医大学的骨科专家沈洪兴教授含着热泪，亲自为这个从不喊痛的小战士做完了扩大清创、膝关节灌洗引流术和石膏托固定术。沈教授说，他的关节腔受伤深达15厘米，如果再延迟手术，轻则出现关节功能障碍，重则导致残废和截肢。

这个勇敢的小战士，叫孙华斌。

5月12日武警某部一位干事随执行驾驶员复训任务的车队，由成都经都江堰、汶川、理县向马尔康方向开进。14时28分，他所在的车队第一梯队抵达汶川县绵虒镇准备休息就餐时，地面突然传来一声沉闷的巨响,只见右侧山坡上冒出一片黄烟,紧接着大面积的山体倒塌下来——地震发生了。这位毕业于昆明陆军学院的政工干部面对突如其来的地震,表现出少有的沉着与冷静。他不断提醒战友和群众远离房屋和高压线杆,尽量蹲在公路上不要乱跑;同时招呼人们伏低身子进入公路西侧一片樱桃林中,躲避漫天的沙尘。

灾情就是命令!十多分钟恐惧而又漫长的等待过后,尘埃渐落,当确定车辆和人员无恙后,他立即带领部分官兵奔赴附近村庄,展开紧急救援。仅仅两小时,就与战友们成功将绵虒镇及附近三个村子内的所有人员全部安全转移,包括伤员和死者在内,没有一个人被困或被废墟掩埋。第二天,他又率官兵们将被洪水围困的绵丰村沙坝组的几十户人家顺利转移出来。成为第一个投入抗震救灾的军人。

他的名字叫张念峰

5月15日下午三点,一直在绵竹抗震救灾的雅安某预备役团接到指挥部命令,前往被地震围困的天池乡救灾。团政委二话没说,率领特遣分队救入天池乡展开救灾。第二天下午,天池乡地震时两边山体崩塌,阻断河道形成堰塞湖,水位不断上涨,给部队和受灾群众带来极大的威胁。指挥部命令突击队率群众紧急撤离天池乡。

这位政委立即组织灾民和特遣分队向峡谷外撤离。撤离途中,大地突然开始颤抖,余震袭来。雨点般的飞石从山上滚落下来。政委突然看见一位牵着小女孩的老人被飞石打倒在地,便奋不顾身地扑上去将小女孩护在身下，用自己的身体挡住飞石。自己却被飞石砸伤，鲜血直流。

"我受伤了，这里危险，你们不要过来！大家扔掉背包，快速通过！"这是政委受伤倒地后的第一句话。战士哽咽着，找来一扇门板做成简易担架，将他们的政委抬着继续回撤，到下午五时，特遣分队和老百姓全部撤出危险区域。

经医生诊断，政委的右腿胫骨开放性骨折、头部背部亦同时受伤。

让我告诉你他的大名吧，他叫范后雄。

5月12日夜，大雨倾盆而下，大地仍在不停地战栗，某炮团副参谋长接到命令，立即组织一支二十人的突击队，想尽一切办法进入地震中心汶川县！自地震后，灾区的一切通讯联络都中断了，决策层急需知道震中汶川的情况。而通往汶川县城的路，已被塌方和泥石流彻底中断，只能尝试先进入汶川映秀镇。

突击队在最短的时间里出发，仅仅带着五把手电筒，背着最简单的行装，他们从12日晚上十点半始，冒着夜雨冒着山体随时垮塌的危险，整整徒步八小时，终于在13日凌晨六点抵达映秀，成为第一支到达汶川映秀的部队。为了解灾情、安抚灾民、为大部队的开进起到了至关重要的作用。

这个勇敢的突击队队长，叫杨卫东。

5月12日地震发生后，某装甲团迅速开往北川。一位年轻参谋在开进途中看着窗外遍地倒塌的房屋咬紧了牙关。凌晨零点三十分，部队抵达北川城外，由于道路塌方，遍地乱石，汽车已无法通行。这位参谋立即带领四百名战友翻山越岭，徒步进入北川。

当战友们得知他的老家就在北川时，都急着让他先回去看看父母，他大声吼了句：别耽误时间了，救谁都是生命！快给我一个一个地搜救！"

他像一头急红了眼的狮子，发疯似的奋战在废墟上，救出了一个又一个的乡亲。直到两天后，大批救援部队进入灾区了，他才抽空回家去看，可是倒塌的家中一片凄凉，任由他大声呼喊也无人答应。他擦干泪水又投入到搜救中。直到第五天，他才在医疗队找到了被压断双腿的父亲，和率学生一起跑出教室的当老师的母亲……

当记者问他为什么不急着去救亲人时，他说，这废墟下有那么多人，随便一处也许都有我的同学和儿时的伙伴。我在这里救谁已经不重要了，救出来的都是亲人！

这位深明大义的年轻参谋，叫白杨民。

在映秀镇采访那个晚上，夜里十一点，有人突然在我们住的棚子外喊，解放军同志，我是阿坝州的副州长，请帮个忙，我们又救出了一个！我们几个创作员连忙冲出去帮忙。

后来我得知，这个副州长，是在地震后第一个赶到映秀镇的州领导，当得知前往汶川的路断了后，他立即想到了水路，可是从紫坪铺水库往映秀的路，整座山体滑坡，已没有路了。这位副州长坚定地说："我死也要到映秀去……"他带着几个人跳进峡谷中，用双手在泥石流中爬行，一阵余震使山上石头像雨点般飞了下来，他的右腿被碗大的石头砸中。三小时后，他们终于进入了映秀镇。

他到达映秀镇后，发现绝大多数房屋已成为平地。映秀镇镇政府十五名镇干部，幸存者只有五人。他立即带人赶往受灾最严重的映秀小学和映电宾馆，调来建筑工地的吊车进行搜救。从13日下午到14日凌晨五点，在他的指挥下，搜救人员在废墟下救出了200多名幸存者！

这位争分夺秒救人的副州长，叫白里成。

两山合围，宽阔的河坝变成了一座又一座湖泊。"5·12"大地震后，绵竹清平、金花、天池三座乡镇变成"孤岛"，5000多居民刚从地震中逃出来，又陷入洪水、饥饿的困境中。唯一能够下山的道路，已经变成一条"死亡之路"。"乌蒙铁军"临危受命，带领"孤岛"灾民突围。在危机四伏、关隘重重中，他们几乎集体"消逝"在深山密林里。经过三十四个小时的艰苦突围，他们终于奇迹般地靠着肩背手搀，带着226位受灾群众成功突围。

这次冒死突围的领头人，是团长周洪许，装备处处长赵岗，后勤处副处长张开顺。

他们的名字，不应忘记。

2008年3月,北川县人武部的老政委转业离开了北川。"5.12"地震发生后,正在绵阳休假的老政委彻夜未眠,他惦记着人武部的战友们。第二天一早,就背上背包赶回了北川。没想到他曾战斗过的北川人武部,营房几乎被山体全部掩埋,连唯一一幢最坚实的武器库也被地震的气流推出6米多远。几名幸存的战友在废墟上艰难地寻找着遇难者。家属、小孩的哭喊声令人揪心。面对陷入绝望和悲伤的昔日同事们,老政委紧紧地握住战友们的手说,我还和大家在一起!面对灾难,我们都得挺住啊!他用心安抚家属,安抚每一名受难者。在现任政委受重伤的情况下,再次主动充当了"政委"角色,配合部长组织人员一边继续搜救,一边配合县里疏散受困群众。看到老政委返回岗位,人武部所有的人都受到很大鼓舞,不但开展自救,还积极投入到对群众的救助中。从5月13日上午六时开始,老政委和他的战友们通过三天三夜的连续奋战,先后从废墟里救出包括人武部干部职工在内的遇难群众300多人,疏散受困群众3600多人,搬运遇难者尸体400多具。同时,他还组织干部、职工,对被泥石流掩埋的民兵武器弹药库进行了抢救,共抢出枪支300多支,弹药500多发,并安全押送回军分区武器仓库。

这位可敬的老政委,叫王明庚。

5月12日汶川地震发生时,有位营长正在家中休假,得知灾情后心急如焚，匆匆告别妻儿，四小时之内便赶回了团队。他带领全营官兵三进最危险的绵竹汉旺镇天池乡，解救被困群众。最后一次转移群众时，300多人里就有200多名是老人，行动缓慢。

这时河水暴涨、塌方不断，危急关头，这位营长第一个扔下所有个人物资，背起一名七十多岁的老人就往前走。全营官兵看在眼里，士气顿时高涨，全都扔下个人物资背起老人们往前走。

他所在的营，先后转移灾民1000余人，搜救出幸存者3人，救护运送伤员26名，还帮助群众运送物资无数。

还有一位也在休假的连长，家就在地震地区绵阳，妻子刚刚生产，女儿还不足月。地震造成家里电器家具等损坏，所幸人员没有伤亡。当这位连长从抗灾指挥部了解到他所在的装甲团已奉命赶到安县救灾时，立即决定提前结束探亲参加救灾。他忍痛告别了在地震中受到惊吓的妻子和未满月的女儿，从绵阳家中直接赶到了安县重灾区高川，带领全连战士冒着余震随时引起的山体滑坡，投入到了抗震救灾中。他每天不分昼夜地奋战在第一线，只在短暂的空隙，给妻子打个电话，请求她的谅解，亲吻他尚未满月的女儿。

前面那位营长，叫王洪涛。后面这位连长，叫樊波。

5月15日下午，某团副政委让一名小战士去给在另一处抢险的小分队送信。这位战士上路不久，看到路边躺着一位六十多岁的老人，右腿已经折断，在痛苦地呻吟。他上前扶起老人说：大爷，我背你出去。老人微弱地睁开眼睛说，孩子，不用了，我已经在这准备等死了，你赶紧走吧。小战士眼睛红了，什么也不说，掏出背包绳将老人的裤腿绑住，背在自己背上。他走了三个多小时，终于把老人安全护送到大天池乡，看到老人上了救援的直升机，又匆匆赶路去完成送信的任务。

这个可爱的小战士，叫陶泳波。

5月21日，一对兄妹在安县相见。哥哥是成都军区驻滇某装甲团军官，地震发生后随部队机动1200余公里到家乡绵阳市救灾，几天来一直奋战在安县灾情最严重的高川乡。而他的家，就在此次受灾极为严重的北川县陈家坝乡，得知家乡遭受灾难后，他一直焦虑不安地拨打电话，直到14日晚才收到妹妹发来的短消息。得知家中房屋倒塌，母亲受伤被转往重庆市第七人民医院。

灾难让他悲痛不已，但他没有向部队提出回家看看的请求，第二天就随部队翻山越岭赴高川乡参加"千人大营救"行动去了。

妹妹是四川农业大学大四学生，地震发生时正在北川县国土资源局参加实习，也受了伤。好在伤势不重，基本恢复后，就准备回北川做志愿者，参加家乡的抗震救灾。

兄妹俩在安县相见。哥哥对妹妹说：这里的救援工作很紧张，我是一名军人，不能只顾自己的家，要听从部队的安排和指挥。请你回去告诉爸爸，等把这里的乡亲们都救出来了，我再回去看他和妈妈。

妹妹非常理解地说，我能死里逃生是幸运的，我也要回去参加抗震救灾，为家乡人民服务，解救更多的有生的希望的人们。

这对兄妹姓唐，哥哥叫唐金平，妹妹叫唐关兰。

有一位父亲，是武警资阳支队的队长，地震后接到命令，率领一千多名官兵赶赴都江堰紫坪铺水库至映秀镇的山路上，转移受灾群众，那条路因塌方而危险重重，他带领官兵们连续奋战七个小时，将65名伤员在第一时间内转移出灾区接受治疗，自己的耳朵却在转移伤员时被飞石砸中，伤口至今都没愈合。

他的儿子，是武警成都指挥学院的学员，也在地震后奔赴了重灾区川北，也是负责救援转移伤员，历经了种种艰难重重危险，完成了任务。父子俩在震后第八天，5月20日才通了第一次电话，得知家里亲人在此次地震中一位去世，一位重伤时，两个七尺男儿都在电话里声音哽咽了。

父亲叫任东升，儿子叫任智。

他们不是英雄，他们是千万救灾大军中的普通一兵。

他们是英雄。他们是千万救灾大军中我知道的那一个。

英雄有名。

蓝天上没有鹰的痕迹

一年过去了,又到了这一天。

2008年5月31日,5月的最后一天,我终生都不会忘记。

这一天,我随总政艺术家采访团,搭乘某陆航团的直升机前往汶川。飞行前,我们从团长余志荣那里了解到:自5月12日地震发生后,陆航团就进入到了高速运转中,所有官兵每天都只能休息几小时,醒着的时间里每分钟也无法放松。到我们去的那天止,陆航团共出动直升机1571架次,飞行1337小时,运送救灾物资575.2吨,抢运伤员1121人,转运被困群众1876人。向灾区运送医疗人员、技术人员、救灾专家等总计1912人。由于此次地震重灾区都在山区,空中通道是高山峡谷地形,丛林密布,云雾缭绕,能见度极差,每一次起飞都面临着巨大的风险。但为了帮助灾区群众尽快脱离危险,雄鹰一次次地飞翔,为灾区人民带去了食品、水、药品和帐篷,带回了等待治疗的重伤员、孤儿和老人……在道路被毁、断电断水断通讯的山区重灾区,直升机所带去的,几乎是灾区人民唯一的希望了。

当余团长给我们讲述这些时，我一方面觉得他们真是了不起，一方面又隐隐有些担忧，脑海里闪过一个念头，这么大强度的飞行，这么密集的飞行，会不会出事啊？但也就是一闪而过，一方面是不愿意往那上面想，另一方面觉得余团长他们，都是经验丰富的驾驶员，不会有事的。

　　我们乘坐的那架直升机，机长是个高大魁梧的藏族飞行员，叫多么秀。当时天气不错，半小时后，我们顺利降落在汶川的一个临时机场上，直升机一直轰鸣着，我们一下来，等待在那里的灾区伤员和群众就迅速登机，马上飞走了。仅此一瞬，我完全可以想见这些日子来飞行员有多辛苦。

　　在汶川的几小时里，我们马不停蹄地采访，连午饭时间都在听救灾部队介绍情况。下午不到三点，就被催促到达机场，直升机已经停在那里了，多么秀机长催促我们赶快上飞机。我当时想，干吗那么急？但起飞后我很快就明白了：气候变了！天空中全是浓雾，什么也看不到，不要说能见度多少米，大雾直接就裹着飞机。

　　我心里隐隐有些不安，但知道担心也没用。我常去高原采访，每次遇到危险时我就睡觉，总觉得睡一觉一切都会过去的。于是我闭上眼睛，同时在心里想，要相信机组的同志，相信多么秀机长。闭上眼睛后迷迷糊糊，似睡非睡。这个时候，我感觉到机舱里吱吱嘎嘎作响，然后耳膜开始发疼。我判断着，一定是直升机在拔高，拔高了才能钻出云团。

　　吱嘎的响声持续着，好像飞机浑身酸疼似的，我的耳膜也开始发疼。到底要拔到多高呢？我心里不安地揣摩着，并祈祷这个时刻赶快过去。（后来采访多么秀我才知道，我们的飞机一直拔到了2500米！对直升机来说，简直是最高峰了。）

也许是太疲劳了，我好像真的睡着了。等我忽然醒过来时，吱吱嘎嘎的响声消失了。我转头看舷窗外，竟然看到大地了。心里暗暗松了口气。几分钟后，我们安全落地。

我却丝毫不知，当多么秀机长驾驶飞机拼命拔高、带领我们脱离险境时，我们后方的一架从理县返回的机组却不幸失事！当我们与死神擦肩而过时，他们遭遇了死神！

回想起来，那天我们下飞机后，天空飘起了小雨，气候突然转凉。难道老天爷在制造了不幸后，也忍不住洒下泪水吗？当我们按规定进行消毒时，我一眼看到多么秀他们三人从直升机上下来，急匆匆地朝指挥塔走去。我当时想，他们怎么还不回去休息啊？难道还有任务？

我无论如何也不会想到，那一刻他们已心急如焚。

几天后，我再次到凤凰山采访机长多么秀时，他告诉我，他当时不想让我们看出来，所以把飞机停在了比较远的地方，然后走到指挥塔去汇报。还在空中时，他就已经感觉到情况不好了：一直和他通话的邱光华机组突然失去了音信。只不过那个时候，他，还有大家，都还抱着希望，希望邱光华机组已经迫降到了什么地方。

没有人愿意相信，那一刻，他们已经遇难。

第二天中午，我正在成都某军用机场采访空降兵时，惊闻噩耗：

陆航团邱光华机组在执行运送第三军医大学防疫专家到理县的任务返回途中，在汶川县映秀镇附近因局部气候变化，突遇低云大雾和强气流，于十四时五十六分失事。机上有五名机组人员和因灾受伤转运的群众十人。

5月的最后一天啊！为何如此残忍？

5月从此不再是让我骄傲喜爱的季节。

我的亲友们纷纷打电话发短信询问情况，并为我感到庆幸。而我自己，心里的难过已远远超过庆幸……

我再次来到陆航团，心情无比沉重。面对采访，烈士的战友们都难以抑制他们的悲伤和泪水。

年过半百的邱光华机长，是1974年周恩来总理挑选的八名少数民族飞行员之一，一个耿直朴素的羌族汉子，也是陆航团资历最老、经验最丰富的特级飞行员之一。还有半年时间，他就该退下来了。这次救灾，团里本来安排他负责地面指挥，但他主动请战，坚决要求参加飞行。他跟团领导说：在这种大灾面前，我们老飞行员一定要稳住军心。每天他都像年轻机长一样执行着大强度的任务，清晨六点就出发，工作到晚上八九点。他不是不知道这种紧急状态、复杂气候条件下飞行有着极大的危险性，但他依然一次又一次地飞上蓝天。

邱光华的家就在茂县，离震中汶川很近，直线距离也就五六十公里。他家里还有父母、弟弟等许多亲人，地震后失去联络。当团领导关心他家人情况时，他平静地说：我帮不了家里，只有靠当地政府。

我能做的就是救灾。直到他后来受命前往茂县侦察灾情,才从弟弟口中得知家里的房子垮了,好在人还平安。

飞机失事的当天上午,邱光华已飞行了两个架次。接到新的飞行任务后,他和机组人员匆匆吃了两口饭,就驾机起飞了,这是他执行的第64次救灾任务,却不想成了最后一次。

四十七岁的王怀远,是陆航团最出色的资深机械师。与他同宿舍的战友岳光平告诉我,自地震后,他们每天都忙得无暇说话,白天执行了飞行任务,晚上还要开会搜集情况,没有一天不是凌晨一两点入睡、早上四五点起床的。作为机械师,这么大强度的飞行压力很大,王怀远每天都顶着停机坪上的高温,带领大家严密排查各种故障,在外场连续工作十六小时以上,严重超负荷。

岳光平回忆说,30日晚上,他们难得地一起回到寝室,靠在床上,一边吸烟,一边聊了几句灾区的情况,分析判断今后的救灾任务肯定还很重,还需要靠他们的毅力支撑。31日早上,岳光平因为要执行飞绵阳的任务,四点半就起来了,王怀远还在睡。岳光平轻手轻脚地出了寝室,没想到这便是永别。

王怀远不仅技术过硬,而且性格爽朗,热情幽默,团里老老少少没有人不愿意和他交朋友的。逢年过节,他的家就成了单身汉的安乐窝。一个牛高马大的汉子,常常系着围裙亲自下厨为战友们包饺子烧菜做饭。其实他家里一直困难,就靠他在支撑。牺牲前他还承诺,等救灾任务完成后,就为腿有残疾的弟弟安装假肢,他还答应女儿,空了就陪她去买U盘。

　　生于20世纪80年代的副机长李月，出生时仅四斤六两，曾被医生预言养不大，却在父母的精心抚育下长大成人了。他是大队重点培养的优秀飞行员。从投入抗震救灾以来，这个年轻的八零后肩负起了沉甸甸的担子，每天最多要飞十个小时。拂晓飞，黄昏飞，白天飞，夜间也飞。为了不让母亲担心，他一直瞒着母亲，说自己没有飞，直到牺牲后母亲才知道他一直在飞，直到飞进蓝天……

　　与李月住同一宿舍的战友燕鹏哽咽着告诉我，30日晚上，李月完成任务回来，洗了澡正准备休息时，妻子打来电话，大概意思是很多天没见到他了，很想见他。李月说，现在太晚了，明天还有飞行任务，我不能回去看你。没想到妻子说她已经来了，就在他们营区的小门口，希望他出去见一面。李月便匆匆忙忙地跑了出去，十多分钟后就回来了。李月2008年1月领了结婚证，原本订在春天结婚的，酒店都订好了，却因为部队连续执行抗击冰雪、军事演练等任务，无法举办，最后退掉了酒店。李月答应妻子，等部队任务没那么重了，就和她一起出去旅行结婚。

　　听到这里我想，难道人真的有心灵感应吗？李月的妻子怎么会想到要在晚上九点赶到那么偏僻的营区，去匆匆见他最后一面呢？

　　让燕鹏悲伤的是，31日那天，他是和李月一起出发去执行任务的，只是机组不同。他们一起吃了午饭，一起说着话往场站走，路上李月还告诉他，他上午拉回来很多灾区的学生，"这下孩子们可以安心过六一"。李月当时很高兴,他先登机,跟燕鹏告别时,还叫燕鹏要注意安全。

6月10日,当得知飞机残骸找到时,燕鹏忍不住号啕大哭一场。

机械师陈林也很年轻,生于1979年。31日中午,他的妻子还抱着女儿到营区来看他,因为要过六一了,女儿嚷着要见爸爸。陈林买了几盒方便面,打算和妻子女儿一起吃。可那天他们队有四架飞机要飞,作为副队长,陈林要一一签字,很忙,方便面泡好了也没顾上吃,就上了飞机。

上飞机前,陈林答应女儿,执行完这次任务回来,就陪她过六一。女儿过周岁生日时,他就因为执行任务没能和女儿一起度过。没想到这一次,他又"食言"了,永远食言了。

和他同住一个宿舍的三中队机械师褚先锋说,陈林平时话不多,只有说到女儿时乐呵呵的。自女儿出生后,他一直不停地参加各种任务,很少有时间回家陪她,他只好把女儿的照片拷在电脑里,有空时就一张张地看。褚先锋说,每次看女儿的照片,他都能感觉到陈林非常爱女儿。陈林和妻子都是独生子女,他们原打算再要个孩子的,地震发生后他就和妻子说咱们不生了,去灾区收养一个孤儿吧。

担任机组安全员的士官张鹏,1984年出生,2002年入伍,还不到二十四岁。张鹏的指导员张雷跟我说,这个山东小伙儿很憨厚,很勤快,有点儿像许三多。还在新兵连时就给他留下了深刻印象,那个时候要开辟一个训练场地,那片荒地杂草丛生,手套还没拿来,张鹏就干起来了，手划破了也不吭声。一个人顶好几个人。第一次练单双杠，其他人做两三个，他可以做十一二个。他的一个老乡因为训练成绩不好拖了后腿，张鹏气得跟他吵了一架，吵完后就拉着老乡到操场去练，直率地说，你不行你就得练，你要不舒服我陪你。后来那个老乡成绩上来了，还得了嘉奖。这次地震发生后，张鹏更闲不住了，在完成好本职工作之外，他一有空就跑到外场去当志愿者，扶伤员，搬东西，卸货，装运物资。

最让指导员感动的是，那天连里交纳特殊党费，张鹏找到他说，我可不可以也交一份？张鹏还没有入党，只是作为培养对象。在此之前，团里捐款时他已经捐过100元了。在得到指导员同意后，张鹏掏出身上仅剩的80元钱，投入了捐款箱。

6月13日，我再次来到陆航团，参加了隆重的迎灵仪式，734号机组的五位烈士，在庄严哀恸的乐曲声中，回到了他们曾生活和战斗过的地方。他们曾从这里一次次起飞，一次次展翅，如今却永远融化在了蓝天里……哀乐低回，天地含悲。整齐的军礼、无声的呜咽，战友们以军人的方式，迎接英雄归来……

我站在迎灵的队列里，禁不住热泪盈眶。从那天知道噩耗后我曾一次又一次地想，如果他们也能和我一样与死神擦肩而过该多好！可他们却不幸撞上了死神。

一年过去了，又到了这一天。我抬头仰望着蓝天，蓝天中没有鹰的痕迹，但我知道，他们已经飞过。

飞起来吧我的战机

李锁林，军区空军副参谋长，少将。就其社会影响看，算得上大名人，先后在东方之子、焦点访谈、新闻联播等收视率极高的节目中接受过采访；就其表现看，是我军的老模范老先进——我说的老不是指年龄，而是时长，二十五岁他就荣立了二等功，其后不断立功，有二等功两个，三等功八个，还当过各种各样的标兵，其事迹在军内外报刊都登过；就其家庭看，他是一个老军人的儿子，一个女人的丈夫，两个姑娘的父亲。

但我知道，他最喜欢的称谓，毋庸置疑，是飞行员，中国人民解放军空军特级飞行员。

遗憾的是，在《中国国家地理》杂志希望我去采访他之前，我对这个与我生活在同一个城市的优秀军人竟一无所知。推而广之，我对空军亦知之甚少。作为一个军队作家，这令我汗颜。所以此次采访对我来说不是单纯的采访，是一次补课，一次学习。

短短几天时间，让我感觉到他既是一个充满激情的人，又是一个极具智慧善于思考的人，还是一个勇敢无畏喜欢挑战的人。这样的人，的确是天生的飞行员。

李锁林非常忙，我仅有两小时的采访时间。这两小时哪怕他一直在说，也很难将他精彩丰富的一生说完。好在，他是一个喜欢自己动笔的人，他给我提供了大量他自己写的随笔和自述，很好地弥补了我采访的不足。

我是一粒飞翔的种子

我出生于1952年秋天。出生时，父亲李兰茂正在朝鲜参战，他作为年轻的中国空军的一员，在接受了仅仅一年的培训后就驾机上了战场，与狂妄的美国空军浴血奋战。彼时美国空军已建立几十年，正值壮年，相比之下，我们的空军还是个蹒跚学步的孩子。但父亲和他的战友们毫无畏惧，勇敢地与其交锋。在一年零四个月的空战中，父亲出动数百次，打了36次空战，击落敌机4架，击伤1架，可谓战功卓著！

这一切现在听起来似乎简单，但作为飞行员的我，深知是多么不易。父亲当时驾驶的是米格—17，第一代战斗机，没有现在战斗机所装备的电子系统、雷达导航等，与敌机作战时，近距离射击是最佳选择。父亲说，他都能清楚地看见敌机上的星条旗，看见敌机驾驶员戴着帽子和护目镜坐在机舱里,这样的空中近距离作战非常危险,稍不注意,不仅不能击落敌机,反而会成为敌机的靶子,就是说,你既要做个高效的猎人,还得做个狡猾的狐狸。全凭着飞行员的勇敢、沉着以及快速反应了,而父亲正是这样一个优秀飞行员。

当父亲荣立一等战功的喜报送回到我的老家河北任丘时,身为村妇联主任的母亲正挺着大肚子在家中忙碌,她已有了两个女儿,腹中正孕育着第三个孩子。她有些羞涩地被乡亲们簇拥到了领奖台上,替父亲领回了大红的立功喜报。而我,正是母亲腹中的那个孩子,可以说,我是与母亲一同走上领奖台的,更可以说,我是在父亲的空中征战中孕育而成的。我相信那个时候,我已经在乡亲们欢天喜地震耳欲聋的鞭炮声中飞起来了。

我是一粒飞翔的种子,我为飞翔而生。

我的少年时代是在军营中度过的。1959年,父亲结束了四年多的留苏学习回到祖国,拿着彭德怀元帅签发的"空军航空兵第12师34团团长"的委任令,带领全家来到12师报到。我从此与军营为伍。父亲给我的飞机模型是我最喜欢的玩具,父亲的机舱是我最喜欢的乐园,看到那些复杂的仪表盘,我感到亲切。父亲就是我心目中的英雄。多少次,我站在机场上看着父亲驾机飞上了蓝天,那时我就梦想着,总有一天,那机舱里坐的是我。

我是父母的独子,备受父母和两个姐姐的宠爱,但因为从小离家住校,自认为并没有宠出什么坏毛病来。从小学到中学我都当班长,成绩在男生中是拔尖的。体育成绩尤其好，乒乓球拿过小学冠军，篮球也打得很棒，以至于同学写作文都把我写了进去。我想这主要得益于我的身体协调性好，模仿能力强。我认为一项体育技术要很好地发展，必须先从身体姿态入手，最好的技术往往来自最优美最和谐的动作。良好的身体素质为我当飞行员打下了坚实的基础。

"文化大革命"开始时我14岁，学校停课了，我就跟着红卫兵去串联。历时一个多月，行程几千里。等返回家中时，身上除了虱子已无分文。但这一次行走对我的锻炼很大。后来父亲看形势很乱，怕我再出去闯祸，就将我送到了连队，与战士们同吃同住，扫地出操。我的军旅生涯应该从那时就算开始了。

1969年，16岁的我正式穿上了军装。这对我来说，几乎是必然的。我从没想过我还会做其他职业。运兵的大船从上海出发，一直把我拉到东北。新兵训练结束后，我被分配到了空四师警卫连。虽然站岗训练摸爬滚打也是一种锻炼，但我渴望与飞机为伍。我给上级写了一份很长的请调报告，倾诉了我对飞机的感情，要求去机场工作。也许是父亲起了作用吧，半年后我被调到了机务中队任机械员。那个时候我还不满18岁，便与一个老兵一起维护一架飞机。这是一架英雄的战机，曾在抗美援朝中击落四架敌机，机身上有四颗五星。我把全部的感情都倾注到了这架飞机上，一丝不苟地反反复复地保养着每一个部件。我热爱我的工作，无论多么辛苦都毫无怨言。

1970年6月，从陆海空三军战士里挑选飞行员的工作开始了，我又被更大的梦想诱惑着。经过漫长的三个月的体检和政审，我终于逐一过关了，最后就剩一个关口了：父母。由于我是独子，部队必须征求父母的意见。我给父母写了封信，强烈表达了我渴望成为一名飞行员的愿望。我知道父亲那里肯定是没问题的，他一直盼望着呢。母亲就难说了。她的丈夫已经飞了二十年了，她已经提心吊胆二十年了。现在这唯一的儿子又要飞，她怎能不犹豫？但母亲仅仅犹豫了片刻，就说，让他去吧。

我永远都感激我的母亲，永远都不会辜负她默默关注的目光。

当我和另外300名来自各个部队的学员一起进入航校时，当我看到一架架等待起飞的飞机时，我知道，我真正的人生开始了。

父子同飞

我在预科大队前后学习了三年半的时间。那是20世纪70年代初。因为一些众所周知的原因，我们迟迟不能分到飞行团。在等待飞行的日子里，我一头扎在了书堆里。除了专业书籍外，也读了大量的文学名著，以及哲学、音乐、戏剧等方面的书籍，获益匪浅。

我相信一个人要真正地飞起来，必须先有一颗能飞起来的心。

1973年，我终于结束了学员生活，来到渴盼已久的飞行团。此时，与我一起选进来的301个学员，只剩下60多个了。我知道淘汰还将继续。在航校学习初教机飞行一年，高教机飞行一年，两年一晃而过，到毕业时，我们这一批只剩下50个了，淘汰率为83.7%。

我一直坚信自己不会被淘汰。虽然我也遇到了种种困难，但始终咬紧牙关坚持着，我自认为天生就是个飞行的料。在地面行走时，我常会迷路，去过多次的地方也记不住。但在空中头脑格外清醒，对飞机的感觉极佳。通过速度、高度、声音、振动、旋转、加速度、气味、光亮，我可以敏锐地察觉到飞机正处在一种什么状态。有时候我感到我的身体已经成为飞机的一部分，抑或飞机已经成为我身体的一部分。当然我仍然不敢有丝毫大意，我会认真对待每一次飞机起落，每一次日落日出。

在航校第一次驾驶比斯飞机打地靶，我就破了包括教员在内的多年前的全校纪录。当我的食指扣动驾驶杆上的发射按钮时，我的呼吸是停止的。一旦炮弹出膛，飞机被震得发抖，我的快感便从心底流出。当空中目标被我发射的导弹、炮弹击毁，地面目标被炸得浓烟四起时，我的兴奋达到了巅峰。有时飞到两万米的高空，天蓝到发黑，我依然保持着良好的方向感、距离感和高度感。每每驾机起飞时，我都有说不出的快乐。

1977年，入伍八年的我，终于来到了空军某歼击航空兵师，成为一名战斗机驾驶员。而我的父亲，此时正在空军某航空兵师任师长，已经飞了二十多年的他，仍在一次次飞行。我们父子终于同飞在祖国的蓝天了。但这个情况，并没有任何人知道，我们父子都心照不宣地保密，只是默默地彼此祝福。

但一个意外的事故，让这一秘密公开了。

我们这批新飞行员一上来就直接飞歼—6。我是第一个放单飞的，几次考核都是优秀。有一天飞地靶课目。我驾驶飞机从1200米的高度俯冲下来，对准地面靶标射击，直到距地面100多米时再把飞机拉起来。当我第二次俯冲射击后，拉杆退出时发生了意想不到的事情：驾驶杆卡死了，拉不动，飞机一个劲儿地向地面的靶标里钻，时速是780千米，就像导弹打击目标的速度。

我透过飞机前挡风玻璃看出去，地面靶标的三个圆圈张开了老虎似的大口朝我扑来，完了，一瞬间这片大地就会升起一团巨大的烟云，我也要和飞机一起化为美丽的永恒了。靶场的地面人员可能也惊呆了，指挥员连声发令："拉起来，拉起来！"

紧急关头，我想到还有一个应急电门，只要把这个电门接通，就可以切断出故障的液压系统油路，转为电动操纵系统，驾驶杆就能拉动，飞机就能从俯冲姿态改变为平飞、向上。这个电门在驾驶舱左前边的角落里，说时迟那时快，我右手继续用力后拉驾驶杆，左手伸直去扳动那个电门，猛地，飞机抬起了头。这个动作是那么突然，像平卧的眼镜蛇发现猎物后突然竖起了脖子，这一杆拉得飞机剧烈发抖，我在座舱中几近黑视。

飞机终究没有与大地接吻，从一团烟尘中钻了出来，直刺蓝天，地面上已经卧倒的人员又听到了发动机巨大的轰鸣声。他们实在难以相信这魔术般的变化，飞机怎么能从地里钻出来呢？

惊心动魄！短短一瞬，我和死神擦肩而过。事后理论计算表明：从飞行员做拉杆退出，到拉不动，扳动电动助力器电门，最后飞机抬头向上，这一过程的总时间为1.25秒。如果再晚0.2秒，飞机就会触地。这一幕如果能够录下来回放，恐怕比任何航展上的特技表演都要精彩。

情况报到了空军司令员那里。上面的批示是：飞行员处理得很好，通报全空军，并查清此故障原因。经查，这架飞机是由于助力器内部机件故障造成驾驶杆卡滞的。由于"文革"的影响，这批歼—6飞机质量不过关。自装备以来，连此次在内，共发生四起此类特情处置情况。第一起发生在夜间起飞过程中。第二起发生在地面滑行时。第三起出现在空中平飞时。第四起发生在打地靶过程中。

会议上参谋长分析：第一起和这第四起情况是最危险的，尤其是地靶过程中这一起，飞行员反应这么快，真不简单。司令下决心说：全空军歼—6飞机停飞检查。政委接着说，司令员还不知道吧，这第一起和第四起中面临特情的飞行员，是一对父子。司令员高兴地说，是吗？好样的！

就这样，因为这个事故，我和父亲同飞，并且同飞歼—6的事，才被众人知道。有记者来采访我，问我在最紧急的时候想的是什么？为什么不跳伞？是不是想到要挽救国家财产？一架飞机好几百万呢。我说，我真的没来得及想这些。

其实我很想说，要谢，就该好好谢谢我的父亲。

一个月前父亲写信给我,说有一次他飞夜航,遇到了起飞时驾驶杆卡住,他扳动一个电门,操纵才恢复正常,在黑夜里把飞机飞了回来。父亲在信中嘱咐我,一定要记住这个电门的位置,做到闭着眼也能够熟练摸到它的程度。我牢牢记住了父亲的指点,并在座舱中练习过多次,没想到这次真的用上了!这可真是个救命的电门啊。一个电门救了我们父子俩。

我与父亲的通信很多,从当兵那年开始我就把他的信全部保存下来了,上百封,厚厚一摞。尤其是学飞行后,每飞一个新课目,每飞一个新机型我都跟父亲谈一谈。父亲总能及时回信,把他的经验体会包括教训毫无保留地告诉我,使我受益匪浅。军里比赛空靶时,父亲给了我三条经验,我照着去做,结果得了全军第一名。30发炮弹能打中3发就是优秀,而我一次就命中了29发,十米长的空靶靶带上弹洞累累,军、师、团的首长对我这个小飞行员也刮目相看。他们不知道,我有一个堪称良师益友的父亲。

因为同飞一个机型,拥有共同的事业,我和父亲也有着更多的共同语言。从小父亲就是我心目中的英雄,我不听他的听谁的?1959年,父亲回国后到航空兵部队当团长,一年后带团入闽驻防,威风凛凛,台湾的电台成天广播要策反他。

福州军区司令找父亲谈话:你的名气比我大。老蒋的作战班子在研究你呢。你一顿能喝多少酒他们比我清楚。父亲说:水无常势,兵无常法,我有更新的招数对付他们。司令大腿一拍:好,三十岁刚出头，就让敌人的将帅怕你，大有作为啊！

父亲带部队的泼辣劲在当时全空军闻名，他敢飞别人不敢飞的高难课目。1000公里以上的机群转场别的部队不敢组织，父亲带着大部队紧急出动，一站就飞了1200公里。他当师长时，抓部队主要以战术训练为主，打破了以技术训练为主的老套训练方法。一年飞出别人需要三年才能达到的全师甲类作战水平。

空军司令说：这个人是个将才。一纸命令：军长。把他摆在了台湾海峡西岸的漳州。

有这样的父亲，做儿子怎能不为他争光？

拖地靶事件后，我荣立了二等功。那年我二十五岁。父亲看到空军下发的表彰我的通报，写信来表示安慰。父亲的语气一如往常那样平静，只有我知道，他是多么的欣慰，多么的高兴。

我们父子在蓝天同飞了十年。父亲一直飞到五十三岁，飞到身居军职领导。在我们空军，不乏父子同飞、母女同飞以及兄弟同飞的情况，我感到自豪的是，我和父亲是飞行时间最长的一对。他飞了三十多年，我也飞了三十多年。唯一遗憾的是，我从未上过战场。作为一名战斗机的飞行员，这是我最大的遗憾。

飞行，飞行，不飞不行

1979年，一纸调令将我调到了沧州空军航校，和我一起调入的共有60多名飞行员,全是从各个航空兵师抽出来的尖子,为的是加强对新一代飞行员的培训。沧州是古时的发配之地,自然条件和生活条件都很差,但我却感到高兴。一是这里有空军最先进的飞机;二是有一马平川的机场跑道,海拔9米最优秀的机场净空条件;三是有一个最强的理论训练处。我在沧州一待二十年。二十九岁任中队长,三十一岁任副大队长,三十二岁任大队长,三十七岁任团长。

航校后来改为空军飞行试验训练中心,成为空军训练改革的前沿阵地,装备着最先进的战斗机,是空军研究飞行技术战术的中心和权威。我军飞机的战术性能,现代空战战术,都是由这里试飞检验的。1994年,我被任命为飞行试验训练中心司令员。

在沧州的二十年,我在得到"前沿司令"和"先锋一号"的美誉时,还得到一个绰号:飞行狂。大概缘于我是飞行时间最长(3200小时),飞行机种最多(15个机种)的飞行员。

如果有人问我是否热爱飞行?我会说,不,是酷爱。

但我深知,仅仅自己热爱是不够的,要让我们的空军强大起来,我们有太多的工作要做,太多的目标要去达成。在基地的二十年,可以说我拼尽全力去做的唯一目标,就是为强大的空军而奋斗。

比如说组建蓝军。

我早已了解到美国空军有四个蓝军,被称为"侵略者"中队,这成为美国空军自身的"磨刀石""死对头"。我一直希望我们的空军也有这样一支队伍,成为我们战机的磨刀石。

终于，空军决定组建蓝军了。空军副参谋长在蓝军分队成立大会上亲自宣布了人员名单。我就这样被推上了"蓝军司令"的位置。组建蓝军是一次创业，一切都要白手起家。一是挑选人员，条件苛刻：个人飞行时间1000小时以上，飞行等级一级以上。不仅技术要好，还要能研究战术战法。领航引导人员：上尉以上，已有引导500批次以上的经历。理论研究人员：具有副高以上职称的专家。二是选定飞机，用歼7飞机，仿对手的主战机种。三是制定"蓝军分队建设大纲"和"蓝军分队战术训练大纲"。四是环境建设。飞行服仿对手的迷彩服。飞机涂上迷彩，机徽用对手战斗机的机徽。等等。

我还提出了一个口号：像敌人那样思考和飞行。

作为蓝军，一定要抓住"对抗"的真谛。为做到这一点，就要花大力气研究敌人。将自己完全置于对手之中。堆积如山的书、杂志，满墙的战术轨迹挂图，各种武器性能数据，空空战法，空地战法。各场局部战争中的战例剖析。真实战斗中录像带的反复播放。暂打、倒退、重播。

地面上吃透了再到空中去验证。一招一式马虎不得。我们在扮演敌人中认识了敌人，同时也认识了自己。

作为"蓝军"，我们开始与许多的航空兵、地导、雷达、通讯、电子对抗部队广泛地接触。相互探讨对方的作战训练思想。看到了部队的真实情况。

作为蓝军司令，我彻底进入了角色，开始审视我们的空军，思考我们的训练。几年的"蓝军司令"职业令我获益匪浅。至今仍有很多问题在我的思考中。

1996年，我又到北京领受了一项新的任务：在试训中心主办一个高难课目教员培训班。在此之前，我对那些准备在空军战斗机部队推广的高难课目是有所了解的，特技地靶、双密穿云、夜间云中截击等难度都很大，但飞好了对战斗机飞行员空中作战能力的提高大有好处。试训中心是干什么的？它的任务之一就是担负航空兵飞行技术研究任务、集训部队飞行骨干和高难课目教员。

这样的任务舍我其谁？干！我属下的飞行员，都是一级或特级飞行员，会一门以上的外语，掌握多种机型的战术技术，个个智勇双全。我亦有信心干好。

"特技地靶"，被称为"最难最险"的课目，要求飞行员在高度紧张状态下操纵飞机做出一连串特技动作，这对飞行员的技术和胆量都是个考验，我第一个带头飞。驾机直插云天。歼击机挟雷掣电，低空100米飞临靶场，通过靶标。只见飞机加油门、增速、急速拉起，一个漂亮的半筋斗翻转之后，紧接着饿虎扑羊似的俯冲下来，炮弹便在靶心开花。紧接着又是拉起、筋斗加翻转、俯冲、射击……如此反复六次，一连串的飞行特技表演，在空中划出一个个近似的"8"字。外行人不知道，每次攻击虽然最多不过一分钟时间，但在这短短的一分钟之内，飞行员必须连贯地完成四十多个动作。我那六次攻击，就做了三百余个动作，只要有一个动作稍有差池，战机就会死吻地面。

我过关之后，飞行员们心里有了底，就紧紧跟上了，一个个都过了关。1997年4月5日，空军最难课目教员培训班正式开课。历时一月有余，培训班结业，试训中心的任务顺利完成。

生恋死恋，生死之恋

你问我最大的快乐是什么？那肯定是飞行！我的所有快乐都和飞行连在一起。我曾在飞行断想里写了这么两句话：

飞行飞行，不飞不行。生恋死恋，生死之恋。

就说说我飞苏—27吧。

我迷苏—27，我恋苏—27，由来已久。这真是一架翼身融合、线体流畅、彪健凶悍又透着灵巧机智的大鹰！风暴为了海燕，蓝天为了雄鹰，荒原为了猛狮，大海为了波涛。苏—27，你为了什么？你应该为了我，为了我这样天生的战斗机飞行员而锻造！

经空军司令员刘顺尧特批，我终于要飞苏—27了。我在空军总医院被从头到脚从里到外地"解剖"了一番。"各系统正常，完全符合飞苏—27标准。"女军医莞尔一笑。是的，我是幸运的。当年我第一次体检飞行员时，就幸运地过了关。跨入航校学飞行的时候，我们一批301名学员，如今还剩下我和另外两个人在飞，你说能不幸运吗？

当我接到通知书时，感到心在发热，鼻子在发酸。等训练参谋走出办公室后，我锁上门，重新坐在椅子上，让泪水流了出来。

停机坪上整齐地停放着苏—27机群。我走近它。苏—27威武、凶悍、挺拔、健美又透着睿智和机警的灵气。置身在苏—27飞机宽大的水泡式座舱里，我按程序依次进行着：通电—启动发动机—关闭座舱盖—检查座舱设备—滑出—进入跑道。飞机端正地停在跑道头。"301可以起飞。"耳机里传来指挥员的声音。

右手松开驾驶杆上的"起飞线刹车"按钮，左手前推发动机两个油门杆，再提起"加力"卡销，飞机开始滑跑增速、抬起前轮、离开地面——快捷的加速性、巨大的上升角，以至于我还没有完全反应过来，就像坐在火箭上一样，被迅猛地推上了天空。

按照顺序，先飞了半小时的"仪表"课目，又飞了半小时的"特技"来体验飞机的基本性能。接着我爬升到1万米的高空，按照指挥所的指令对"敌人"的空中目标进行截击。"目标，正前方×××千米"，我迅速进行搜索。双眼盯在座舱内的雷达荧光屏上寻找目标信号，×××千米，×××千米，在距离×××千米时发现了目标信号，接着出现了"截获"信号、"允许发射"信号，距离目标××千米，我按下了导弹发射按钮，瞬即，荧光屏显示出目标被导弹击毁的信号。此时我才抬起头来向天空的远处望了望，想看看目标被摧毁的情景。但远处是一片清洁的天空，什么也没看到，可敌人已经被我击落了。

我调整好状态，准备与另一架"敌机"进行近距离目视条件下的空战。当我与"敌机"缠斗了一番后，终于将其截获，我迅速按下导弹发射按钮,导弹离轴发射,拖着粗大的尾烟,在我的机头前方画了一个漂亮的弧线连向目标,接着目标空中起火、爆炸……"我是风,我是雷,我是闪电!我是枪,我是炮,我是导弹!"——我就是我,我就是实实在在的苏—27!我激奋,我欢唱,我与飞机融为一体。这片大地是我的,这片大海是我的,这片天空是我的。

一个半小时后完成了应飞课目,我按下了"自动返航"按钮,一切按照编程,飞机自动从空域飞回机场,切向"大航线"三转弯点,自动压坡度进入着陆航线,对正跑道,下降,直到距离跑道头500米,抬头一看宽阔平坦的跑道就在眼前,不偏不倚,在高度60米时我接过驾驶杆做目测着陆。两轮轻擦地面,"欧庆哈啦哨"(很好),传来指挥员用俄语发出的夸奖声。

当我从飞机的舷梯上下来,庄严地给带飞的教员罗应权敬了一个举手礼的时候,才真正意识到,我飞苏—27的梦实现了。一些年轻的飞行员围着我,问我感觉怎么样?我伸出大拇指说,真是过瘾!我接着说,能飞苏—27真是你们的幸福,希望你们永远珍惜这种幸福。

年轻的飞行员们,你们明白我的意思吗?我这是迟到的幸福。但不管怎么说,幸福与责任同在,幸福与奉献同在。如果眼下摆着名利、地位和苏—27,任我选一个,我会毫不犹豫地选苏—27,永远去战斗去飞行去飞更高性能的战斗机是我产生激奋的唯一火花。我会为我的这种选择和信念满足一辈子。

我渴望飞行。自从飞行以来就没间断过,除了每年疗养一个月,或出国考察个把月，我都在飞。虽然几十年的飞行生涯里，死神曾三次约见我，但生命的奇迹让我一次次地将它拒之门外。飞行的感觉确实很好，一坐在飞机座舱中感觉就会很好。别小看那个狭小到连抱个婴儿也办不到的空间，四壁装有几百个仪表、电门、按钮、把手，红黄绿白五颜六色的灯光闪闪烁烁，构成了一幅美丽的图画。发动机的轰鸣就像一首雄伟的乐章。我与它交融相会，在空中一起腾跃，化作歌舞的精灵。

我曾在《飞行断想》中写过这么一段话："你有过复杂气象飞行时那种穿云破雾，风驰电掣、排山倒海的感受吗？你有过超低空飞行时大地、村镇、河流飞速闪现的振奋感吗？你有过夜间飞行时那种人地沉寂、摘星揽月、天马行空的主宰欲吗？你有过在空中发射导弹、炮弹时目标被你彻底摧毁的激奋感吗？你有过在边境上空巡逻时就像守护在母亲身边那种自豪感和使命感吗？"

记得当我驾驶歼—7飞到21500米的高空时，是多么的激奋。天是那么纯净，蓝到发黑。似乎一伸手就可以触摸到天河。大地是那么渺小，一切私念都化为乌有。我相信我的前世是鸟，我希望我的来世是鹰！

你问我最大的愿望是什么？

一句话，希望我们的空军日益强大！

飞起来吧，我的战机！

飞起来吧，我亲爱的空军！

采访结束时我问李锁林，停飞后什么感觉？他大叹一声，难受啊！我最大的快乐来自飞行，最大的痛苦就是停飞。

2002年，五十岁的李锁林按规定停飞了。那时他已做了两年将军，但他的身体状态，精神状态都还非常好，渴望继续飞行。但规定就是规定，他无法不遵守。他就像掉了魂一样难受。

飞行已成了他生命的一部分，坚定勇敢是他的性格，敬业奉献是他的习惯，聪明智慧是他的秉性，而热爱飞行，是他的灵魂。

我问，你靠什么来排遣不能飞的苦闷？他说，思考，写作。

难怪，他写下了这么多文字。

思考是心灵的飞翔，写作是精神的飞翔。从这个角度来说，他永远不会停飞，更何况，他的心，早已镌刻在了蓝天上。

从凤凰山起飞

正如许多地方都有凤凰山一样，成都也有个凤凰山。从开发资源或者旅游的角度讲，这山不太有名。你想那平原上能有什么出色的山？不过是一片丘陵而已。但那里有个机场却颇有名气。抗日战争时期它是国民党的机场。日本侵略者驾机轰炸成都时，曾猖狂地降落在机场上，将插在那里的国民党旗子拔走，给中国军队留下一段奇耻大辱。1949中国大陆解放后，蒋介石也是从这里坐飞机逃离的，给那段历史画上了一个句号。因此，许多史料都将它的名字载入了。

说来很巧，就在蒋介石从凤凰山飞走的那年那月，即1949年12月，仿佛为了交替似的，两个注定要和凤凰山发生联系、注定要来驻守凤凰山机场的解放军军官同时出生了。

我说的这个"同时"不是模糊概念里的同时，而是真正意义上的同时。就是说他们不仅是同年同月同日生的，还同一时辰——1949年12月6日午时，在新中国成立后不久，在千千万万个新生婴儿中，这两个将走进我们故事的人物也呱呱坠地了。一个出生在吉林，一个出生在四川。他们无论如何也没想到，三十年后他们会分别来到凤凰山，共同以军人的身份与凤凰山结下不解之缘。

他们就是成都军区陆航 V 团的团长邢喜贵和政委黄谷章。

不是很巧吗？

不仅仅是巧。今年初，陆航 V 团的全体官兵联名写信给上级党委，一致要求给他们的团长和政委各记一功，以表彰他们几年来团结合作、勤勤恳恳、一心扑在事业上，带领全团人员屡建奇功的累累业绩。

这非常难得。

话要从头说起。

1949 年 12 月 6 日午时，真可谓天寒地冻。在吉林省舒兰县一个普通的农民家里，一个结实的男孩儿出世了。这是他们的第一个孩子。年轻的父亲满怀喜悦，在大雪纷飞中给孩子取了个喜庆吉利的名字：喜贵。与此同时，在相距几千里的四川省射洪县城关镇上，一位年轻的土改干部也做了父亲。因为教过几天书，他给这个大儿子取了个文雅的名字：谷章。

邢喜贵和黄谷章都有幸成长在新中国的阳光雨露下。他们和千千万万个儿童一样上学读书，茁壮成长。

1966 年春，邢喜贵初中毕业，正赶上空军某部到他们学校来选拔飞行员苗子。邢喜贵以他结实健康的体魄，幸运地成为他们学校唯一一个被选中的人。于是，还未满十七岁的他，就离开父母，从遥远的东北来到了四川，进了空军某航校。

这一年黄谷章却还在读书。他受父亲的影响,一心一意想成为一个读书人。在以优异的成绩考上高中后,又想着考大学。没料到高中还没毕业,"文化大革命"接踵而至,他的大学梦碎了。黄谷章只好回乡做了一名乡村教师。1969年春天,北京解放军仪仗队来他的家乡招兵,黄谷章凭着一米七五的身高,健康的体魄,和较高的文化水平,一下就被部队看中了。可又一个没料到粉碎了他的梦,有人仗着权势顶替了他。这一来反倒激起了黄谷章当兵的欲望,他非要当兵不可。于是第二年,黄谷章再次以他的良好条件去应征,这一回,他终于如愿以偿,成为成都军区某部的一名通信兵。那年他已经二十一岁了。

同样二十一岁的邢喜贵,这时已是老兵了。岂止是老兵,经过一年多的当兵锻炼和两年的航校学习,他已经成为一名合格的飞行员。并且由于成绩优秀,他留在航校做了教官。

好像冥冥之中在比赛似的,黄谷章奋起直追。他入伍一年后就入了党,再两年后提了干,又三年后就从营部书记直接提升为连指导员。那是1976年,他二十七岁。可以说那是黄谷章人生中最为光彩的一段。这光彩不止是来自事业上的成功,还来自爱情上的收获。就在那一年,他认识了让他终身受益终生钦佩的妻子沈明辉,两年后他有了一个宝贝女儿。可以说那时他是处处顺心,鼓了一身的劲儿,想大干一番事业。

而这期间的邢喜贵自然也没停滞不前。他已经从普通教官晋升为中队长,并且也成了家。妻子是做统计工作的,叫李凤琴,是位很贤惠也很坚强的女性。巧的是他也生了一个女儿,并且和黄谷章的女儿同岁。要按老百姓的说法,他们两个长子该生两个长孙才对。他们却步调一致地生了两个女儿。

当然,这时候他们彼此还不认识,也都还没有来到凤凰山。

不过命运之神正在让他们逐渐走近。

如同先入伍一样,率先来到凤凰山的,仍然是身为空军老大哥的邢喜贵。1976年,他调到凤凰山空军某部,从教员成为一名飞行员。就在那个著名的机场,他年复一年地起飞降落,为我军的现代化建设展开双翅飞翔着。从中队长到副参谋长,从副参谋长到副团长。当他被提为副团长时,年仅33岁。

同在这一年,33岁的黄谷章也"进步"到了副团。他开始向凤凰山靠拢,被任命为成都军区凤凰山教导队的政治处主任,是当时直属队里最年轻的团领导。

教导队就在机场旁边,每天都能听见飞机的轰鸣,每天都能看见空军老大哥们在起飞降落。但他们两人却一直无缘相识。

1984年,邢喜贵被任命为团长。很快,他又被上级赋予了一个更为艰巨的任务:组建成都军区陆航V团,担任团长。就这样,他从空军来到了陆军。那年秋天,他肩负着重任,前往美国西部航空城学习驾驶直升机的技术,为引进做好准备。

在美国,邢喜贵这个农家的孩子,这个由解放军自己培养出来的飞行员,着实为我们的国家和军队争了大光。在短短两个月的时间里，他克服了语言障碍，攻下了一道道难题，不仅掌握了飞行技术，还以优异的成绩让那些美国教员和各国学员刮目相看。

学成回国后，邢喜贵和年轻的陆航团一起茁壮成长，为我军的陆航事业屡建奇功。他们率先征服了被飞行家们称为"空中死亡线"的青藏高原，并几次在最危急的关头抢险救灾，发挥天之骄子的优势，立下了一次又一次的赫赫战功。邢喜贵本人，成为创造世界纪录最多的特级飞行员。

就说征服"空中死亡线"那次。当邢喜贵翱翔在禁区上空时，突然间，团团黑云伴着狂风把他包围了，四周一片黑。也不知是高度的原因还是气候的原因，机上的高度表、速度表、罗盘都失灵了。直升机成了瞎子。在这紧要关头，有着良好心理素质和熟练技术的他，果断地将飞机降到离地面200多米的高度。太阳迎面射来，使他得以判断出了航向。于是他大着胆子向前飞去。就这样过五关斩六将，他长驱2600公里，胜利抵达了拉萨，首次开创了世界航空史上直升机载重进藏的先例。

再说1985年冬天的那次雪灾。那曲地区有90多户藏民在特大雪灾中与政府失去了联系。邢喜贵率领刚组建一年多的陆航团前往救灾，在零下四十多度的气候中，在极度缺氧的情况下，他们苦战了七天七夜，将90多户藏民全部找到并救活。一连创下了四个航空史上的奇迹：一是在海拔4700～5200米的高度上起降的世界纪录（航空史上直升机起降的高度极限为4500米）；二是在高海拔地区载重悬停的世界纪录；三是在高海拔地区超低空飞行的世界纪录；四是在高海拔地区空中飞行时间8小时36分的最高纪录（原最大强度为7小时）为此，他和他的战友们都荣立了战功。

自1985年以来，邢喜贵先后十三次驾驶直升机带队进藏，在藏飞行达800多小时，863架次。飞越了许多地理上、技术上的禁区，创下了航空史上一个又一个的奇迹。

在邢喜贵艰苦奋斗、建功立业的那些年里，与他同庚的黄谷章自然也没闲着。虽然他的事业远不如驾驶直升机的邢喜贵那么惊心动魄、引人入胜，却也历经艰难，付出了许多的汗水和心血。这些年里，他连续三次调动。差不多每一次都是去创业，而每一次又是在收获时离开。所以他的家，至今仍安在妻子的单位里。

就好像和凤凰山有缘似的，黄谷章在调离凤凰山两年后，又重新调回凤凰山：他被上级任命为新组建的陆航团政委。用仕途上的行话来说，这一次是平调，从政委到政委。但黄谷章对这一调动却丝毫也不敢掉以轻心。临行之前领导的谈话和平日里听到的许多传闻，使他对将要担当的责任有着足够的认识。有人劝他"带"几个人去，免得被动。黄谷章想，虽然陆航团大都是来自空军的同志，但空军陆军不都是解放军吗？会有什么大不了的障碍不能克服呢？

他独自一人走马上任了。

已过不惑之年的邢喜贵和黄谷章终于走到了一起。

当他们第一次见面时，就觉得彼此像朋友一样，两只大手紧紧地握在了一起。这大概就是缘分吧。两个人的个头和体魄都差不多，走在一起真是像兄弟一样。不同的是邢团长黑一些，严肃一些，黄政委白一些，和蔼一些。不过那时他们还不知道他们的生日会那么巧合，繁重的工作压力使他们无暇顾及这些。

黄谷章一上任，很快就找准了自己的位置，那就是为那些在蓝天上展翅的雄鹰们当好后勤，把所有婆婆妈妈的小事管起来。这些小事做不好，就无法使飞行员干出惊天动地的大事。飞行员在蓝天上是雄鹰，回到地面还是普通的人。他们也有普通人的烦恼，普通人的需求。而善于在蓝天上创造奇迹的邢喜贵，对地面上的许多事却不那么擅长，也顾及不过来。他实在太需要一个人来帮他分忧解难了。

黄谷章说干就干，他开始无休止地跑腿了：为飞行员子女的入学入托跑腿，为他们的妻子随军调动跑腿，为解决他们的技术职称跑腿，为增加他们的生活补贴跑腿……

一年跑下来，陆航团的建设就上了一个台阶，陆航团上上下下的人亲切地称黄谷章为"我们自己的政委"。这一殊荣比上级奖励给他们的"先进党委"称号还让他陶醉。

有了这么一个好搭档，邢团长如虎添翼，陆航团如虎添翼，整个团队建设三年上三个台阶，大变模样。邢团长觉得上级真是会选，派给自己这样一个好帮手；黄政委呢，觉得自己不枉"平调"一次，和邢团长这样优秀的军人在一起，和搏击蓝天、屡建奇功的飞行员们在一起，干起工作来真是舒畅，婆婆妈妈的事都没有白做。虽然他已在团职的位置上干了十多年，从当时直属队最年轻的团职成了现在最老的团职，但干劲儿仍不减当年。

在凤凰山，我有幸见到了这两位同年同月同日同时出生的优秀军人，也是最佳的搭档。

我分别问他们，你们最佩服对方什么？

黄政委说：我佩服老邢有三点，一是思想素质好，不居功自傲；二是技术过硬，有真本事，至今最难最险的任务仍是他飞；三是心理素质好，经得起摔打和挫折。

像商量过似的，邢团长说他佩服黄政委的也有三点：一是一心扑在工作上，事业心很强；二是点子多，能力强，且很务实；三是心胸开阔，不计较个人得失。

他们分别给我讲了一个对方的小故事。这两个小故事都是工作以外的事，却非常感人。

邢团长说，黄政委一忙起来就顾不上自己的家，这使他妻子养成了一切靠自己的习惯。有一回女儿把钥匙丢了，妻子下班后一看进不了门，就决定从邻居家翻窗过去。可他们家住在六楼啊！连隔壁那个大男人都没有勇气帮她们翻过去。沈老师却毅然地爬了上去，她的学生们都为她捏着一把汗，后来干脆扯起绳子布单在下面接着……虽然最终是有惊无险，黄谷章知道了还是非常后怕，他责怪妻子说，我就在市郊，你只要打个电话，这种特殊情况我还是可以跑回家一趟的呀。沈老师只是笑笑。她知道丈夫是个称职的军人，是个把事业看得很重的军人，她不想让家庭给他带来一点点的负担。不仅如此，她自己在事业上也没落下，她是四川省的优秀教师，还是成都市的模范班主任……

黄政委的女儿如今已考上了军校。在她十多年的"学生生涯"里，她的父亲没有参加过一次她的家长会，学校的老师领导都不知道她父亲是干什么的。但陆航团其他子女的家长会，黄政委却不知参加了多少次，大家称他是个"大家长"，有众多的子女。

黄政委说，邢团长有个秘密，只有我一个人知道。

1989年6月，陆航团在西藏执行任务时，有三位飞行员不幸以身殉职了。其中一位特级飞行员国逄仁烈士，是邢团长的老战友。他们从航校时就在一起，后来又一起调到陆航团，一起去美国学习。他的牺牲使邢团长的心情特别沉重。他知道国逄仁有一位年逾古稀的老母，双目失明。国逄仁是她唯一的儿子。如果老人家知道了这个消息，一定会经受不了这个打击的。邢团长就和国逄仁烈士的妹妹商量，决定把这件事瞒下来，不告诉老人家。于是，他就以儿子的身份给老母亲写信，由国逄仁的妹妹读给老母亲听：他告诉老母亲自己在美国学习，一切都很好。每到逢年过节时，他便给老母亲寄钱以表示孝心。六年过去了，烈士的老母亲仍然健在，邢团长仍在做着代理儿子，而国逄仁烈士的妹妹，则早已把他当作自己的大哥了……

这个故事让我感动不已，让在场的宣传干事们吃惊不已。因为他们在邢团长身边这么多年了也不曾知道。

黄政委讲完后马上笑道，这个故事我本来是准备留着自己退休以后写的，今天你来了，就贡献给你。你的面子大哟。

我必须作个交代了：十年前我也在凤凰山。黄政委在教导队当主任时我在他手下当教员。我和凤凰山也是有缘的。当然了，那时候我不认识邢团长，也不会想到十年后我会以记者的身份采访黄政委，更不会想到就在我们教导队旁边那片野草丛生的荒地上，如今会卧着一只勇猛的鹰。

那时我只会在听见轰鸣声时，自然地抬起头来，朝那广袤的蓝天望去。

雄鹰正从凤凰山起飞。

战后故事

我不喜欢战争。这种不喜欢是永久的，不可改变的。尽管战争造就了许多英雄豪杰，造就了辉煌的人类历史，造就了传世巨著，造就了诗歌、电影、音乐、绘画等许多宝贵的艺术品，也许还造就了感天动地的爱情，可我还是不喜欢。

我不喜欢它的血腥，不喜欢它的残酷，不喜欢它的残垣断壁，不喜欢它的浓烟滚滚，不喜欢它把绿树变成焦炭，把清泉变成血河，更不喜欢母亲在废墟上发疯哭喊，孩子在瓦砾下无助哭泣，老人无家可归，伤残的士兵眼里充满忧伤。

无论这战争是多么必要，多么正义。

作为军人也许我会参与，特别是当侵略者踏进我们的国土，掠杀我们的百姓时，我想我会成为一名勇敢的战士，必要时献出自己的生命；作为女人也许我还会爱上一个战争参与者，一个杀敌无数的战斗英雄。

但我还是不喜欢战争。

自相矛盾也罢，矫情也罢，这样的情感无可改变。

可是，往往是战争，带给我许许多多的感动，带给我温情而又伤感的泪水，带给我深长的思索。

尤其是那些发生在战后的故事。

先说一个中国军人。解放战争时他是个年轻的士兵。他们那个排参加了解放天津的战斗，仗打得十分艰苦，伤亡很大。到最后快要进攻时，战友们心里都明白，他们很有可能看不到胜利了，他们很有可能马上就要献出自己的生命。于是他们合伙抽掉了最后一支烟，喝掉了最后半壶水，郑重地做出一个约定，生死约定：假如战后他们中有一个人活下来，那么，这个人就要在每年的这一天，到这里来祭奠所有的牺牲者。

不用笔墨，也不用公证，一诺千金。

总攻开始了。他和战友们奋不顾身地跃出了战壕，伴随着冲锋号杀进了枪林弹雨之中。战斗打得十分激烈，也十分残酷，每个人的脑海里除了往前冲争取胜利，再无他念。到凌晨时，战斗终于取得了全面胜利，天津解放了。但只有他活了下来。

他的战友全都牺牲了。

残酷的战争，让他们临终前的约定成为一个谶言。

他活下来了，而且作为战斗英雄，一直在部队上工作着，并且结婚成家，养育孩子。

六十岁那年，他退休了，回到了家乡湖北。

他的家人是从什么时候发现的呢？也许是孩子长大以后，也许是老伴去世以后。总之他们发现的时候，他已经这样做了不知多少年了。他们发现他们平日里寡言的父亲，每年秋天的这一天都要出门。无论这天是什么天气，也无论家里有没有事，无论他的身体好不好，也无论当时的社会是否稳定，他都要上火车站，从那里坐车去天津。

他的行李很简单，但里面肯定有烟酒这些祭奠亡灵的物品。

他一个人，一直是一个人在做这件事。从那次战斗结束后，每年每年，他都要一个人去那个安葬着战友们的烈士陵园，去看他的战友，去为他们点支烟，倒杯酒，去和他们说说话，拉拉家常。

去履行他的诺言。

没人知道他心里在想什么，也没人知道他落泪没有，他的孩子们只知道他没有间断过。有时候他们也会把他送到车站，但仅仅是送到车站而已，他不要他们陪，他要一个人去。由于去的次数多了，天津方面很多人知道了他，一些学校请他去做校外辅导员，请他为孩子们讲战争故事。但对他来说，这些都是顺带的，他的主要目的，还是看望战友，看望那些长眠于地下的英灵。他不希望他的战友们感到孤单，更不希望他们被人遗忘。他对他们有过承诺。

这样一年又一年，日子慢慢到走了1999年秋，那场战役整整过去了五十年。

这一天，他又一个人出发了。

清晨时,火车到了天津。他看看表,对这个时辰,他记得太清楚了,他永远都不会忘。因为正是这个时辰,冲锋号吹响了,进攻开始了。他下了火车,步履有些蹒跚。站在那片土地上,他仿佛听见了冲杀声,仿佛看见了倒下的战友,他高声对他们说,别担心,我来了!我会沿着你们的足迹往前冲的……

就在那一刻,在清晨的站台上,他真的倒了下去,再没醒过来。

没人知道那一刻他想了些什么。没人知道火车上的那一夜他想了些什么。更没人知道这些年他一直在想什么。

他是在等待这一天吗?他是在等待与他的战友重逢吗?

我只能猜测。而猜测这样一个高尚的灵魂,不是一件易事。

我总在想,他其实早就离去了,是和他的战友们一起离去的,是五十年前离去的。余下的日子,余下的五十年,是另一个他在活着。而这样的活,只是为了祭奠逝者。他一年年地祭奠,一次次地祭奠,直到五十年后的那一天。

也许他早就想好了,这第五十次,他要用自己的生命来祭奠。

我忘了他的名字,我只记得他姓刘,是一名中国军人。

这样的故事,这样的人,只可能发生在战后。

前苏联影片《战地浪漫曲》,讲的也是战后故事。

士兵萨沙在残酷的战争中,悄悄爱上了营长的妻子柳芭。这爱虽然无望,却体现了萨沙对美好生活的追求。战后萨沙和柳芭在街头相遇，柳芭失去了丈夫，失去了青春美貌，靠在街边卖油煎包子来养活自己和女儿，生活十分贫寒。萨沙却又一次爱上了她，决心帮助她改变处境，为此不惜离开自己温柔的妻子。萨沙的爱是无私的，是经过战争洗礼的人才会拥有的。对这一点他的妻子薇拉十分理解，并决心和他一起来帮助柳芭弥合心中的创伤。最感人的一幕，就是他们三个人在一起度过的新年之夜。薇拉忍着内心巨大的痛苦，微笑着为柳芭表演魔术，当柳芭愉快的笑声在屋内回荡时，她却忍不住跑到另一间屋子里去哭泣⋯⋯

对经历过战争的人来说，战争并没有随着硝烟的散去而结束，战争留下的伤口依然在淌血。无论是萨沙还是柳芭，他们都还没有走出战争的阴影，就连没有参加过战争的薇拉，也不得不生活在战争的阴影里。最后，柳芭这位战争幸存者，这位曾一度对生活失去信心的女人，终于以牺牲选择了她的归宿——嫁给了一位自己并不十分喜欢的男人，从而保全了萨沙和薇拉的家庭。三个主人公的三角关系终于解体了。感人地出现，又感人地解体。

这样的故事，这样的人，只会发生在战后，发生在经历过战争的人身上。

另一个战后故事，来自美国。

一个美国老人，年轻时曾在越南打仗。在一次战斗中，他打死了一个越南士兵。他在那个死去的越南兵身上，发现了一张照片。照片上，是这个越南兵和一个小姑娘的合影，看得出他们是一对父女，小姑娘依偎在父亲的身边。可是由于战争，她永远失去父亲了。

这个美国兵将照片揣进了自己怀里，继续战斗。

我们无法谴责他，作为一个个体的战争参与者，他只能尽责而不能选择。但随着岁月的流逝，随着年龄的增长，他却开始在内心深处谴责自己，这样的谴责越来越强烈。战争结束后他回到祖国，他成家立业，他为人夫为人父，但那张照片，却一直硌在他的心上。

在他年近七十岁，儿女都长大成人的时候，他做出了一个惊人的决定：他要找到照片上的这个小姑娘，向她忏悔，请求她的原谅。

当他做出这个决定的时候，他心里并没有把握。我说的这个把握来自两方面，一是他没有把握找到她，毕竟无名无姓，且已过去了三十多年；二是他没有把握在找到之后，能得到小女孩儿的原谅。

但他还是决定做这件事。否则他的灵魂无法安宁，他无法平静地到另一个世界去与女孩子的父亲相见。

他的老伴表示了支持。他就将这张珍贵的照片，这张跟随了他三十多年带着硝烟气息的照片，交给了媒体。

美国的一家报纸首先登出了这张照片，千万人通过报纸看到了这对父女。父女两人脸上均无笑容，是不是他们已预感到了生离死别？女孩儿当时的年龄在十岁左右，而父亲，大概也就是三十岁出头的样子，或不到。他们是典型的东方人，清秀，还有些忧郁。照片由于战火，缺了一角，但画面却很清晰。

接着，越南河内的一家报纸也登出了这张照片。

故事就从西半球来到了东半球。

美国老兵静静期待着，怀着希冀，也怀着忐忑不安。但没有任何消息传来。在等待的日子里，老人只能是一遍遍地看着照片，一遍遍地在心里与他们对话，面向东方，祈求他们的原谅。

东方的越南，正处于战后的休养生息之中，忙于重建家园，忙于发展经济。似乎没有人有闲心来关注一个美国老人、一个当年的侵略者的忏悔之心。一个在河内工作的男人，心不在焉地将登载了这张照片的报纸，用来包裹他将要带给母亲的食物。

于是照片便从河内来到了一个偏远乡村。

得到食品的老妇在打开报纸时，非常意外地看到了那张照片。我想这就是冥冥之中的命运，倘若是文字，她不会去读。恰好因为是照片，她才一眼就认出来了。它认出照片上的男人是他们村子里的，是某某某的父亲。于是她急急忙忙地拿着报纸去了他们家。

原来这位死去的越南士兵不仅有女儿，还有两个儿子。大概女儿是他最爱的，所以在上战场之前，去和女儿留了这个合影，将它随身带在身上。

消息反馈到了美国。美国老人激动而又不安。他不知道那个女孩子看到照片后是什么心情，不知道那越南士兵的后代看到照片是一种什么样的心情。他无法想象。即使他努力地设身处地，仍无法想象。

有些情感是无法靠想象体验的。

他在经历了几个不眠之夜后，又做出了一个重要的决定：他要到越南去，去见那个女孩儿和她的家人，去当面向他们忏悔。

他已是年近古稀的老人了，但他拿定了主意。他的老伴愿意陪同他前往。于是他们越过大洋，从西半球飞到东半球，去延续他们的故事。老人一路上沉默寡言，完全沉浸在往事中。十几小时的飞越对他来说就是三十多年的飞越，他又飞回到了当年战火硝烟的地方，飞到了记录着他年轻足迹的地方，也是留下他无尽忏悔的地方。

两位老人到达河内后，不顾疲劳，又辗转来到了那个偏远的乡村。

到达村口时，老人停下了步履，似乎想镇定一下情绪。到了这个时候，他仍无法预测女孩儿及其家人的态度，无法预测他此行的结局，但他能确定自己要做的这件事是正确的。

他向村里走去。有孩子前去报信，有村民自发地带路。走进一家院子，老人看见了一个四十多岁的越南女人，他一眼就确定，这女人就是照片上那个小姑娘。他顿了顿，走上前去。来之前，他已把那张照片的原件装入了一个镜框，他拿出镜框，听天由命地看着女人。

女人呆呆地站在那儿。说实话，连我也提着心，不知她会做出怎样的反应。如果她冲上来打老人一耳光，我想也不是没有可能。

但女人在一瞬间，扑进了老人的怀里，或者说，扑进了老人怀抱的照片里，号啕大哭起来。泪水濡湿了她的头发，令她那张已不年轻的脸更加憔悴。她哭得惊天动地，让她的哥哥，让她的亲友，让所有在场的人，无不为之动容。

泪水流出之后我一直在想，是什么令这个女人原谅了这个美国老兵？是他诚心诚意地寻找吗？是他千里迢迢地前来看望吗？是他一直保存的这张照片吗？

我不能得出准确的答案。

但我知道，现在这个结局，是我最希望看到的。

寻找

1. 缘起

吴缘的事业就是找人。

一个叫吴缘的人,每天都在寻找和他有缘的人。我觉得这很有意思。他要找的这些人平均年龄都在八十五岁以上,有一半还超过了九十岁,更有数位已近百岁,这就更有意思了。

我说的这些人,他们有一个共同的名字,叫抗战老兵。

七十年前,在那场壮怀激烈的伟大的反法西斯战争中,有超过三百万的中国军人为国捐躯,还有数百万的军人受伤致残。然而,由于历史的原因,他们中的许多人没有得到应有的荣誉和尊重,反而饱受磨难,历尽坎坷,甚至有不少老兵到晚年都生活贫困。

吴缘和伙伴们的事业,就是要找到他们,找到这些散落在全国各地的抗战老兵,给予他们应有的关怀和温暖,应有的荣誉和尊重。在中华民族最危险的时刻,是他们怀揣一腔热血走上战场,奋不顾身,杀敌报国，如果让这样的英雄晚景凄凉，是我们后人的耻辱。

今年春天，我见到了吴缘。

吴缘是杭州"我们爱老兵公益网"的专职志愿者，这个"我们爱老兵网"，是由杭州图森木业有限公司于2013年春建立的，它开宗明义地宣称："联合一群志同道合的朋友为幸存的抗战老兵尽一份子孙孝心，同时给予生活困难的抗战老兵必要的生活和医疗救助。"

"孝心"二字让我动容。与其他公益组织不同的是，该网站所需的资金完全由图森木业公司提供，不向社会募捐，大部分志愿者就是公司员工。截止到我写此文时，他们已经找到了1115名健在的老兵，并一一登记，给予固定的关怀和资助。公司经理裘黎阳告诉我，他们公司每年要从公司的利润里拿出30万来做这件事，他认为很值。他本人就是网站的负责人，很多时候也亲力亲为地参加关爱老兵的志愿者活动。

他们是如此尊重老兵，我是如此尊重他们。

自认识吴缘后，我看到他无论在微博上，还是在微信朋友圈，每天发布的消息和图片，都是关于抗战老兵的：为老兵寻找家人，为家人寻找老兵，帮助有困难的老兵，慰问孤寡的老兵，请医生去给老兵治病，为老兵过生日，还有，为去世的老兵送行……

关爱抗战老兵，成了他生活的全部内容。

不过吴缘并非图森公司的员工，之所以跻身于"我们爱老兵"公益组织，并成为这个组织的专职理事，是由于特殊的家庭背景。

说来有趣，虽然我和吴缘都是杭州人，却是由远在深圳的龙越基金会负责人孙春龙介绍认识的；同时，我和裘黎阳虽然都是嵊州崇仁的裘氏后代，却是经吴缘介绍才认识的。因为无论是孙春龙，吴缘，还是裘黎阳，他们都是关爱抗战老兵的志愿者。为着一个共同的目标走到了一起。孙春龙告诉我，吴缘很值得采访，他的父辈很值得写。他的四伯和父亲，都是抗日战争中的英雄。

我一下子被吸引了，于是约见吴缘。

吴缘个子高大，肤色微黑，说一口地道的杭州话。虽然祖籍福建，却比我这个祖籍浙江的更像浙江人。他穿了一身迷彩，戴着一顶有"飞虎队"标志的帽子，谈话过程中不断接听电话，全部是关于抗战老兵的事。就在我们会面的第二天他就前往绍兴，和其他志愿者一起去看望抗战老兵了。他现在的每一天每一天，所做的事都与此相关。你若跟着他走，可以见到许多抗战老英雄。

我见他像个赳赳武夫，熟知抗战史，又如此热爱老兵，就问，你当过兵？他说没有当过。又叹了一声：我这样的人，怎么可能当兵？

我瞬间懊恼。因为此前我已看过一些他们家的资料，知道他父亲曾坐牢二十年，父亲母亲是在监狱结婚的，他和哥哥就是典型的"小萝卜头"，从小在监狱的环境里长大。他不仅不能当兵，连一份像样的工作都很难找。前几十年里做过这样和那样的职业，都只是养家糊口而已。不过现如今，年近花甲的吴缘，反倒开启了他此生最好的事业——公益事业。

我前面说，吴缘的事业就是找人，其实这份事业，是从他家里开始的：他先是帮父亲找人，找救命恩人，然后又帮他的堂兄找人，找堂兄父亲的遗骸。与此同时，他开始了更广泛的寻找，为我们这个民族，寻找幸存的抗战老兵，寻找远去的英灵。

2.默默无闻的英雄

十年前的2005年，某一天，杭州一条小街上，一位骑自行车的老人被一辆吉普车撞倒了，老人刚从图书馆出来准备回家。开车的小伙子万分紧张，下车扶起老人，问他有没有受伤？老人摆摆手手说，没事，你走吧。小伙子忐忑不安地留下了自己的姓名和电话，走了。他无论如何也想不到，他撞到的这位老人已有八十七岁！老人爬起来拍拍身上的灰，推上自行车回家。大街上依然车流滚滚人头攒动，谁也没注意到这个极为普通的个子略微有些高的老人。

几天后，老人忽然在家中昏倒，被送往医院，一查，原来是那天摔倒后颅内一直在出血，由此导致中风。因为老人身体好，所以扛了那么多天才出状况。在医院住了半个多月后，老人出院了，但身体状况却大不如前，行动变得很迟缓。家人不准他再骑自行车，甚至不准他单独外出。毕竟，他已经八十七岁高龄了。一个八十七岁的老人自己骑自行车去图书馆，恐怕全世界也找不出几个，真算得上奇人。

而老人真正被称为奇人，还不是因为这个，是因为他充满传奇的一生：他曾是一名飞行英雄，在抗日战争中驾机飞行八百多个小时，与日军浴血奋战。他驾驶的战斗机曾三次被日军击落，三次身负重伤死里逃生。他曾亲临日军投降仪式，见证了抗日战争取得最终胜利的伟大时刻！同时，他又是一位历经磨难、在牢狱中度过二十年生涯的老人，出狱后靠踩三轮养活家人。曾经一度，网上盛传一张照片，我也见到过，一位老人蹬着一辆装满货物的三轮车，说明文字是：最后一名飞虎队员靠踩三轮维生。

他就是吴缘的父亲，吴其轺。

吴缘首先告诉我，父亲名字里那个"轺"读"瑶"。很多人都不认识（包括我）。他本名吴其瑶，少年时觉得此"瑶"过于女性化，遂自己改为"轺"。我好奇地查了一下字典，发现"轺"就是车的意思，而且是开道车。不知是不是因为这一改，将他的命运一并改了？

吴其轺一辈子与"车"相连：前半生驾空中战车，激战蓝天；后半生蹬三轮车，穿梭街巷。

驾空中战车时，他机智勇敢，曾五次击落敌机，四次飞越著名的驼峰航线；在奇袭日军汉口机场的战斗中，吴其轺驾驶战机超低空飞行，一次就炸毁了停在机场跑道上来不及转移的十几架日机，为打击日本侵略者夺回制空权立下卓越功勋。二次世界大战胜利后，吴其轺获得了盟军总部授予的"飞行优异十字勋章"和"航空奖章"。

蹬三轮时他已年过花甲，拖着一只伤残的腿，依然像个英雄，他可以在三轮载满货物的情况下，以极快的速度驶过狭小的街巷，让路人目瞪口呆。还可以把一个后轮翘起来，变成两轮车飞快行驶，还可以反坐在车上往前蹬，将一辆三轮玩于掌股。修三轮什么的，更不在话下。

我总觉得，人与人的差异，或者说普通人和英雄的差异，不是表现在他成功的时候，而是表现在他落魄的时候。

命运常常捉弄人。就在吴其轺因摔倒而中风的那年，2005年，中国人民和世界人民一起，隆重纪念反法西斯战争暨抗战胜利60周年，吴其轺获得了由中国政府颁发的抗日勋章。同时，他还接到了一封特殊的邀请函。是由湖南省政府、中国对外友协、中国联合国教科文组织全国委员会联袂发给他的，邀请他作为飞虎队的幸存者，参加在湖南芷江举办的一年一度的国际和平节，并参观新建在芷江的飞虎队陈列馆。

直到这个时候，吴缘和家人才知道，父亲竟然是一位抗日英雄，是一位赫赫有名的飞虎队队员！在此之前，父亲一直对自己的身世三缄其口。

比家人更震惊的是媒体。一时间，中外媒体纷至沓来，据吴缘回忆，最多的时候，一天就有126家媒体采访！吴缘不得不辞去工作，回家专职照顾年迈的父亲。

3.寻找恩人

然而，面对突然到来的喧哗与荣耀，吴其轺却越发的沉默，他常常一个人望着窗外沉默，或者默默地翻看着发黄的日记本。几十年来，他记下了六十本日记，几乎每个本子上都画着飞机，飞机上，还有他服役过的美国飞虎队第五大队的标志，下面用铅笔写着三个小字：俱往矣！

终于有一天，吴其辂叫过儿子说，我要去找他们。

吴缘问，找谁？吴其辂说，找我的救命恩人。吴缘明白了，不无担心地问，那么远的路途，你身体能行吗？吴其辂说，能行。我一定要趁着我还能走去找他们，当面谢谢他们。

吴缘简短地回答说，好，我陪你去。

于是吴缘陪着父亲和母亲，离开杭州，去湖南，去四川，去他三次被日军击落三次被百姓救起来的地方，寻找恩人。

吴缘的寻找，就是从陪父亲找恩人开始的。

2005年，在家人的陪同下，八十七岁的吴其辂回到了湖南芷江，来到了辰溪县龙头庵村。六十年前他第三次被日军击落时，就是在这里被村民救起的。

那是1945年4月，吴其辂和他的战友们对武昌火车站的日军地面部队进行空中打击，不幸，他的战机引擎被日军炮火击中。飞机直直地从空中向下坠落。吴其辂冷静迅速地判断了地形后，果断将飞机迫降在辰溪县境内的小溪边上。借着沙滩的坡度，让机头朝上，这才得以从机舱内脱身，捡回一条命。

当地村民看到有飞机掉下来，知道是飞虎队的飞机，连忙跑过来救援。他们把吴其轺救起来，用轿子抬回村里，还把仅有的一点腊肉拿出来炒给他吃。吴其轺住当地坚决抗日的地主肖隆汉家里，肖隆汉担心吴其轺听不懂当地话，还特意把在长沙读书的儿子叫回来陪他。

吴其轺在乡亲们的热情关怀下很快恢复了状态，两天后就离开村庄返回部队，他先是徒步走了80多公里，然后搭上一辆货车，回到芷江基地。现在的美军档案里，还有他失踪两日的记录。

六十年后重新回到他获救的小山村，吴其轺很激动，村民们也很激动。遗憾的是，肖隆汉和那位陪他聊过天的大学生儿子，都已不幸去世。好在，肖家还有后代，两个孙子。两个孙子也都是中年人了，说起这段往事，居然还有清晰的记忆，他们听家里人说起过，说当时家里做好吃的招待这位从空中降落的奇人，按规矩不让孩子上桌，吴其轺却很和蔼地要让孩子和他一起吃饭，还给孩子夹肉吃。四里八乡的人听说有个人空降到此，都十分好奇，纷纷赶来看望，想看看这个"从天上掉下来的人"长什么样，会不会是个神仙？虽然他们见到吴其轺后感觉就是个普通人，但依然很崇拜地排队去摸他，沾沾仙气。

吴其轺开怀地笑，为当年留下的愉快记忆；也伤感地落泪，为恩人的不幸遭遇。他把肖隆汉的名字和义举，永远铭记在心里。离开村庄时，吴其轺站在路口，向着当年他被救起的地方，深深鞠躬，在那迟缓的庄重的动作里，传达出万千感慨，无人能明白。

在芷江的飞虎队纪念馆，吴其轺把自己保存多年的一件飞行服内套、一件军裤、一个飞行旅行袋和一个用飞机机翼制成的洗脸盆，全部捐赠出来。有人劝他留一件给儿孙做个纪念,他说:"国家需要还是给国家,在我的心中祖国永远是第一位的。再说我得到了纪念抗日战争胜利60周年的纪念章,这对我的人生来说,具有里程碑式的意义:我吴其辂在抗日战争中为祖国流的鲜血,没有白流。"

吴琪辂和其他四位抗战老兵(彭嘉衡、林雨水、李继贤、尹月波)一起,来到芷江的日本受降血字牌坊前,五位耄耋之年的抗日战士一起振臂欢呼:我们胜利了!

吴其辂用沙哑的嗓子,唱起了七十年前的《航校之歌》:

得遂凌云愿,
空际任回旋,
报国怀壮志,
正好乘风飞去,
长空万里复我旧河山。
努力!努力!
莫偷闲苟安,
民族与兴亡责任担吾肩!
须具有牺牲精神,
凭展双翼一冲天。

4.传奇的一生

1918年,吴其辂出生在福建闽清县一个乡绅的家里,是家中最小的孩子,他上面有五个兄长,四个姐姐。父亲吴銮仕是闽清县华侨公会会长,极为重视教育,故膝下孩子无论男女,都接受了很好的教育,吴其辂的哥哥姐姐都先后大学毕业。吴其辂早年的理想是当一名教师,可日本侵略者入侵中国后改变了他的理想。1936年,正在青岛读师范大学的吴其辂,在街上看到一则黄埔军校笕桥中央航校招生的告示,热血沸腾,立即写信给父亲说,"儿只想杀敌报国,夺回东三省",恳请父亲同意他投笔从戎。信写完等不及父亲回复,他就毅然从师范大学退学,报考了黄埔军校的杭州笕桥空军军官学校。

1940年,二十二岁的吴其辂从空军军官学校毕业,编入国民党空军第五大队,成为一名战斗机师,从此踏上了九死一生的从军路。

用老话说,吴其辂是个命大的人,在他激战蓝天的十年生涯里,他曾三次被日军击落,三次都死里逃生。

第一次竟然是在成都凤凰山,一个我曾经工作过的地方。凤凰山机场至今还在,却很少有人知道,那里曾经发生过激烈的战斗。1941年夏,日本人出动53架战机分四批轰炸凤凰山机场,意图彻底摧毁当时还非常弱小的中国空军。为保护飞机,吴其辂和教官一起,驾机从成都飞往广元疏散。在飞到嘉陵江上空,距江面四十米高度时,他们的飞机被日军战机击落，坠入江中，人也被飞机反扣在水里。吴其辂凭借机敏勇敢，迅速打开座舱盖脱离燃烧的机身。日机又俯冲下来扔了一串炸弹，击中了吴其辂的臀部和腿部。飞机烧得通红，连江水都烧发烫了，昏迷前，他看到附近的四川老乡不顾被江水烫伤的危险，划着船向他驶来。当他醒来时，已躺在快活林村一个农民的家中……

吴缘插话说，父亲因此一直把四川广元快活林这个地方，视为他的重生之地。2008年汶川大地震后，他马上拿出当月退休金的一半1000元捐给了广元灾区。还觉得不够，又把自己珍藏多年、曾有几个人要买他不肯卖的德国蔡司相机，和一个美制驱逐机Ｐ—40上的座椅，一套当年的飞行服，全部捐献给了中国人民抗日战争纪念馆，然后再把所得奖励寄给四川灾区。2009年，已偏瘫数年坐在轮椅上的吴其辂，不顾九十二岁高龄，再次前往四川江津，寻找当年救他的老乡。当他见到一位当年曾亲眼看见他被救起的老人时，激动万分。与老人抵头相拥，热泪盈眶。

这次空难吴其辂身中四弹，坐骨神经被打断，左腿终身伤残。被评为二等三甲伤残军人。医生表示，他的坐骨神经被打断了，以后行走都困难，更不要说驾机。但倔强的吴其辂怎么也不服，"不可能，我绝不会成为吴瘸子的"。一方面，他扔掉拐棍，每天咬牙做几百个仰卧起坐和俯卧撑，恢复站立行走，另一方面，找到在医院工作的亲属，让其开证明，证明自己还可以飞行。

最终他如愿以偿。毕竟那个时候飞行员缺乏，而他的技术又非常过硬。他跟上司说，别看我在地面上有点儿瘸，上了天可一点儿不瘸。不信你考我，怎么考都行。后来，他不但重返蓝天，还以优异的成绩，入选了由陈纳德将军组建的"中国空军美国志愿援华航空队"，即后来大名鼎鼎的"飞虎队"。

"飞虎队"的战机全部由美军装备，飞行员则是中美混合。1941年九月建立后即在昆明初试身手，首战便对日本战机予以痛击，此后连创击落日机的佳绩，狠狠打击了日本侵略者。同年12月7日，日本偷袭珍珠港，美国正式对日宣战，"飞虎队"被正式编入了美国正规军第十四空军部队，陈纳德将军为总司令。

说起"飞虎队"的名字，还缘于一个误会：当时为了震慑日本侵略者，就把该队所驾驶的战斗机前半部，画成了凶悍的鲨鱼头。日本四面临海，对鲨鱼很熟悉。可云南四川湖南等地的百姓大多不认识鲨鱼，以为画的是老虎，就叫他们"飞虎队"。

吴其轺当时所在的联合航空队第五大队，驻扎在湖南芷江，吴其轺和战友们多次以大编队机群，对占武汉、南京、广州、桂林等日军军事目标进行轰炸。侵华日军因此元气大伤，而吴其轺本人再次遭遇空难。1943年春，吴其轺驾驶美式P—40飞机（即有鲨鱼头的飞机）对湘潭日军进行打击时，又一次被日军防空炮火击中，飞机机身、机翼先后中了二十余弹，但吴其轺硬是穿过日寇层层防空炮火网，坚持将飞机飞回到芷江机场。当他走下飞机时，航空队的美国飞行员们都向他伸出了大拇指：我们美国飞机过硬，你们中国飞行员更过硬。这飞机都被打成了马蜂窝，还能摇摇晃晃地飞回来。了不起！

吴其轺命大，不止体现在被击落后的死里逃生，更体现在他四次飞越驼峰航线。

1942年，侵缅日军攻占了中缅边境，切断了国际援华物资流通的最后一条陆上通道。美国政府为了支援中国的抗战加强中印缅战区的力量，决定开辟一条空中通道，使用运输机从印度境内出发越过喜马拉雅山脉和横断山脉向中国的大西南后方运送战略物资。因沿线山峰犹如骆驼，故称"驼峰航线"。

飞虎队领受了这个艰难而又紧迫的任务。

驼峰航线被世界航空史和军事史上称为"死亡航线"，恶劣的气候以及强气流、低气压和经常发生的冰雹、霜冻，使飞机失事率高得惊人，天气晴朗时，飞虎队员沿着战友坠机碎片的反光飞行。三年多时间内，中美双方共坠毁和失踪飞机609架，牺牲和失踪的飞行员高达1500多名！可以说，是飞虎队队员们用鲜血和生命，换来了物资，阻挡了日军侵略中国的铁蹄。

作为飞虎队队员之一，吴其轺曾四次奉命飞越驼峰航线，到印度去接受美国提供的飞机。每一次飞行，他都做好了牺牲的准备，告诉战友们，如果我没回来，你们就把我东西分了吧。但幸运的是，他每一次都安全地返回了。

1944年，陈纳德将军视察飞虎队时，看到吴其轺走路一瘸一拐，便询问其缘由，当陈将军得知他被日军击落身负重伤依然重返战场时，特批拆下一个 C—46 飞机上的飞行员座椅送给他。这把椅子，吴其轺一直保留着，直到 2007 年捐赠给了北京中国人民抗日战争纪念馆。同时捐赠的还有美国政府补发给他的"美空军航空勋章"和"美空军十字勋章"。

5.历尽坎坷

毕竟，吴其轺已是耄耋之年，加上中风后身体越来越差。他无法再出远门，更多的时候，只能坐在轮椅上接受媒体采访。

每当有人夸赞他击落日军五架敌机，或者钦佩他四次飞越驼峰航线，或者惊叹他三次被击落死里逃生时，他总是默默摆手，神情平淡，意思是不要再提了，都过去了。还常常叮嘱记者，请把我当普通人来写，我没做过什么大不了的事。我只是对得起这个国家。

当鲜花簇拥时，当面对镜头时，吴其轺最爱说的两个字是：惭愧。惭愧惭愧。这几乎成了他的口头禅。

唯有说到一个场景，他会激动，眼睛会发亮，那就是 1945 年日本投降时，他亲临了受降仪式现场。

1945 年 8 月 21 日，吴其轺等人驾驶六架 P—51 战斗机在前面领航，将侵华日军的洽降专机押送到芷江机场。9 月 9 日，中国战区日军投降签字仪式在南京国民政府中央军校大礼堂内举行。吴其轺作为美军援华空军第 14 航空队第 5 大队分队长，带领他的全体队员，坐在中国战区日军投降仪式的第一排。应邀参加日军投降仪式的有美国、英国、法国、苏联、加拿大、荷兰、澳大利亚等国的军事代表和驻华武官，以及中外记者、厅外仪仗队和警卫人员近千人。

八时五十二分，中国陆军总司令陆军一级上将何应钦，第3战区司令长官顾祝同、陆军参谋长萧毅肃、海军总司令陈绍宽、空军第1路军司令张廷孟等五人步入会场，就座受降席。八时五十七分，中国战区日本投降代表、中国派遣军总司令冈村宁次上将率参谋长小林浅三郎中将、副参谋长今井武夫少将、中国派遣军舰队司令长官福田良三中将、台湾军参谋长谏山春树中将等七人，脱帽由正门走进会场。冈村宁次解下所带佩刀，交由小林浅三郎双手捧呈何应钦，以表示侵华日军正式向中国缴械投降。此时恰好是九时正。然后，冈村宁次在投降书上签字。

受降仪式约二十分钟。

吴其轺一次又一次地对儿子说，对记者说：这二十分钟，贯穿了我的一生，影响了我的一生，升华了我的一生。这二十分钟的精髓就是：中华民族是不能战胜的！正义的力量才是永恒的！

在以后那漫长艰苦不公正的岁月里，这二十分钟都支撑着他，让他心里有一盏不灭的灯。

抗战胜利后，吴其轺在3000多名空勤人员中以第一名的身份，考入了美国西点军校航空分校，进修结束后回到台湾所在部队，晋升为中校。此时，父亲托人悄悄送来一封家书："我希望你回来！叶落归根！国民党之所以败走台湾，完全是因为腐败透顶！当年我支持你们兄弟参加抗日战争；今天，我希望你回到大陆，跟着初升的朝阳！跟着共产党！建设我们的新中国！"

吴其韬看了心情激动，随即冒着生命危险辗转回到了祖国，向解放军起义投诚。却不料，在那个年代，他这样身份的人是不被信任的。虽然回来后他被安排在解放军某空军机场，却不让他碰飞机，只能做些闲杂工作。这对一个酷爱飞行的空中英雄来说，是一种折磨，对有着强烈自尊心和荣誉感的人来说，更是一种轻蔑。他无法忍受，便提出了转业。

转业后，他被安排到之江大学任教，仅仅半年，厄运就降临了。

1950年冬天，镇反运动开始了，吴其韬未能逃过此劫。1954年，因政治审查不能通过，他开始了长达二十年的牢狱生涯。不幸中的万幸是，他在大学里认识的未婚妻裘秋瑾，仍坚持与他结婚，与他一起来到监狱农场。在那里，他们有了一个极为简陋的家，养育了大儿子吴量，小儿子吴缘。直到1974年他才重获自由，与家人回到杭州。一家四口租了一间12平方米的小房子。为养家糊口，这位曾经的飞虎队员蹬起了三轮，一车装卸三百公斤，一天挣一元二角人民币。没人知道，这个车夫曾是开着战斗机和日本军机空中格斗过的优秀飞行员，还曾是美国西点军校的高才生。在那个年月，吴其韬对自己的经历三缄其口，哪怕对妻子和儿子也不说，怕连累他们。

这一蹬就是六年。直到1980年吴其韬才得以平反昭雪，恢复了政治名誉。同年，他靠着当初农场开矿时对化石的喜好，加上英语底子，被分配到杭州大学地矿系的标本实验室，做起了标本员。

1998年，年近八十的吴其轺才彻底退休。那时两个儿子也长大了，成家了，还有了第三代。他过起了平静的晚年生活，除了喜欢跑图书馆，没人能看出这位老人有何特别，他把一切都深埋在心底。

直到2005年。

2005年，浙江大学的领导代表政府向他颁发了纪念抗战胜利60周年的纪念章，媒体蜂拥而至，鲜花，掌声，荣誉将他包围。吴其轺很激动，他终于等到了这一天。他要的不是鲜花和掌声，他要的只是一个清白。年已八十七岁的他，竟能清晰地背诵胡锦涛在纪念抗日战争胜利60年大会上的那段讲话，因为正是这段讲话，让他终于可以向世人证明，他是一名抗战老兵，一名抗日英雄：

"1937年'七七事变'成为世界反法西斯战争在东方的爆发点，中国的全民族抗战开辟了世界第一个大规模反法西斯战场……在波澜壮阔的全民族抗战中，全体中华儿女万众一心、众志成城，各党派、各民族、各阶级、各阶层、各团体同仇敌忾，共赴国难。长城内外，大江南北，到处燃起抗日的烽火。中国国民党和中国共产党领导的抗日军队，分别担负着正面战场和敌后战场的作战任务，形成了共同抗击日本侵略者的战略态势……在空前惨烈的抗日战争中，中国军民前仆后继、浴血奋战，面对敌人的炮火勇往直前，面对死亡的威胁义无反顾，以血肉之躯筑起了捍卫祖国的钢铁长城，用气吞山河的英雄气概谱写了惊天地、泣鬼神的壮丽史诗。"

他背诵的不是一段讲话，他是在宣读自己一生的清白。

真让人感慨万千。

6.临终嘱托

曾经的荣誉，吴其辂毫无保留地捐出去了；曾经的壮烈，吴其辂也用三个字带过：俱往矣；曾经的苦难，他更是以沉默将其掩埋。

唯有一事，他始终无法释怀，带不走，也放不下。

在我看来，一个出生入死无所畏惧的人，一个苦难冤屈都打不垮的人，还能有什么事放不下呢？应该是了无牵挂了吧。我曾暗地里琢磨过他给两个儿子取的名字，吴量（无量），吴缘（无缘）。虽然吴缘告诉我是无边无际的意思，可我总觉得，其中还暗含着一种看淡一切的禅意。

这样一位老人，还能有什么割舍不下？

在一个彻夜未眠的早上，吴其辂叫过儿子，留下他最后的嘱托：

吴其辂说，我们吴家还有一位抗日战士，牺牲在战场上，至今未能魂归故里。就是你的四伯吴其璋。你四伯是为国捐躯的，是真正的抗日英雄，我们吴家为他自豪。你大伯去世前曾一再嘱咐我，要找到他的墓地，把他的遗骸带回来，安葬到老家父母的身边。他这一生为国尽忠却未能为父母尽孝，只能以这样的方式弥补了。可是我已来日无多,只能将吴家的这个心愿托付给你了。

吴缘郑重地点头,答应了父亲。

原来,吴家的第四个儿子吴其璋,也就是吴其轺的四哥、吴缘的四伯,早在1938年就投身抗日,参加远征军赴缅作战,于1944年英勇牺牲。牺牲后便安葬在部队所在地,缅甸北部的密支那。吴家老父吴銮仕在世时,曾郑重嘱咐长子吴其玉,将来有机会,一定要找到吴其璋的墓地,把他的遗骸带回来,安葬在老家。

吴家长子吴其玉,是美国普林斯顿大学的博士,早年曾在中华民国外交部任职,1948年一次偶然的机会,他出差到缅甸,赶紧挤出时间到密支那去寻找弟弟的墓地。当时缅甸正爆发洪灾,墓地又在荒郊野外,寻找非常困难。所幸,在当地华侨的帮助下,终于找到了墓地。他默默地祭奠了弟弟,然后拍下一张照片,打算以后再找机会将弟弟的遗骸带回。

不料国内局势动荡,吴其玉失去了职位,再也没有去缅甸的机会了,以后更是磨难重重,无暇旁顾。直到"文革"结束,他才得到平反重返北京,但已是风烛残年。他知道自己已经无法完成父亲的心愿了,便给六弟吴其轺写了封信,将墓地的照片一并寄给他,郑重地将吴家这一未竟的事业嘱托给他。

吴其轺何尝不想找到四哥的墓地?何尝不想让四哥魂归故里?何尝不想完成吴家两代人的心愿?当年他接到哥哥牺牲的噩耗时,心情非常悲痛,曾在日记里写道:"日本鬼子,你们可以消灭我们的肉体,但你们消灭不了我们的灵魂！"可当时的他，就是一个三轮车夫，哪里有能力去缅甸寻找？不被人发现其"反动家世"就已经不易了。

如今总算是拨乱反正，可以光明正大地寻找了，他却已是耄耋之年，来日无多，所以，只得将照片交给儿子，让吴家的第三代去完成。

7.艰难的寻找

吴缘虽然答应了父亲，却不知从何找起。他想，还是先找到四伯的后代吧，至少让父亲在世的时候，见到四伯的家人。

2010年5月，吴缘以吴其韬的名义，在网上发出寻人启事，希望在有生之年，能与四哥吴其璋的儿子吴贤书重逢。幸运的是，在杭州和重庆两地关爱老兵志愿者们的努力下，发出寻人启事两个月后，就在重庆找到了吴其璋的儿子吴贤书。

2010年7月的一天，吴贤书携全家从重庆来到杭州，见到了六叔吴其韬和他的一家。骨肉分离几十年，再相见，那场面让在场的所有人唏嘘不已。吴贤书也已是年逾古稀的人了，1944年父亲牺牲时，他才两岁，对父亲几乎没有记忆，但因为父亲，他们一家也是历尽坎坷受尽磨难。可以说，他一辈子都生活在父亲的阴影下，同时也一辈子都在寻找父亲的影踪。

吴贤书对他的六叔吴其韬说，我对父亲的印象就是两张照片，一张是刚从马来西亚回国参军时的照片，父亲穿着一身雪白的中山服；

另一张是他们家的全家福，父亲穿着衬衫和军裤。两张照片都很帅，于他来说都很陌生。

吴其韶很难过，吴其璋走得实在是太早了。他让吴缘把家里珍藏的吴其璋的遗像拿出来给吴贤书看。照片上，是一位躺在担架上的年轻军官，他就是牺牲后的吴其璋。

吴贤书手捧照片老泪纵横，这是他此生见到的父亲的第三张照片，却是父亲的最后一张照片。尽管已是遗像，吴贤书还是一眼认出，那就是他的父亲。

吴其璋黄埔军校12期特科毕业，因父亲生病返回马来西亚沙拉越，1938年，中国大地战火蔓延，中国人民遭受着日本侵略者铁蹄的践踏，原本跟父亲在马来西亚开创垦殖场的吴其璋，抱着"献身抗战是人生最高价值"的意愿，向父亲请辞参战。父亲非常支持，并嘱咐他充分利用自己所学的知识报效祖国。二十九岁的吴其璋立即告别新婚妻子回到了战火纷飞的祖国。由于精通中英文，他进入黄埔军校泸州纳溪分校担任防毒英文教官。

1943年，为保卫西南大后方和抗战生命线滇缅公路，中国派出最精锐的部队组成中国远征军，协同英美等盟国赴缅作战。担任中国驻印军学兵总队独立步兵一团重迫击炮连连长，参加了多次战斗，战功卓著。1944年不幸被日军枪弹击中，壮烈牺牲。年仅三十四岁。当时盟军指挥官和学兵总队总队长沉痛之际下令厚葬，并为其立碑，碑上镌刻着"浩荡英风"四个大字。

可是这位"浩荡英风"的英雄，留给家人的却是无尽的哀伤。吴其璋的妻子胡静美，一直靠着教书的微薄薪水，独自养活两个孩子，历尽辛酸。尤其是"文革"期间，她被学校造反派软禁，强行要她交代已故丈夫的"罪行"，诬陷吴其璋是杀害过共产党的国民党特务。

为证明父亲的清白，吴贤书和母亲一趟趟地跑公安局、民政局，努力寻找父亲的蛛丝马迹。但他们的寻找如大海捞针，毫无线索。随后，母亲去世了，吴贤书和姐姐的日子更加艰难，渐渐放弃了寻找父亲的念头。

如今见到六叔，看到父亲牺牲时的照片，看到父亲墓地的照片，吴贤书激动万分，他们寻找已久的父亲，原来是一位为国捐躯的英雄，是一位可以载入史册的抗战老兵！他终于可以自豪地向世人证明父亲的清白了。几十年的冤屈，压抑，悲伤，都化成了滚滚的泪水。

遗憾的是，年逾七十的他，真可谓年迈体弱，已无力奔波。

吴其韬对侄儿说，你放心，这不是你个人的愿望，是我们吴家所有人的愿望，我们一定会把你父亲的遗骨找到，带回祖国的。他是牺牲在战场上的，是为国家尽忠的；但是他没能给父母尽孝，把他迎回家安葬在父母身边，就是让他给父母补回孝。

吴缘对他说，堂哥，你身体不好，年纪也大了，寻找墓地、带回遗骨的事，就交给我来完成吧。我一定会尽全力，完成我们吴家这个心愿的。

吴贤书抹了一把泪水，默默地写下委托书，委托堂弟吴缘，为他寻找父亲的墓地，带回父亲的遗骨。

不久之后，吴其韶便离开了人世。

父亲的离世，让吴缘更加感到责任重大。可是，距离大伯拍下墓地照片的时间，已过去了差不多六十年了，世事沧桑，墓地还能在吗？就是在，该怎么找呢？毕竟是异国他乡，遥远而又陌生。吴缘只能大海捞针般地一点点搜寻，从网上搜集信息，向当年的老兵打听，写信给台湾方面联系。所有能尝试的方式，他都尝试了。

2007年的某一天，吴缘偶然得知，云南作家晓曙要去缅甸考察，他连忙通过网络联系上了晓曙，请他前往密支那，帮忙寻找墓地。晓曙答应了，他去后，找到了当地一位老华侨艾元昌先生。艾先生得知是吴家的后人来寻找墓地，万分感慨地大叹一声：你们终于找来了，我都替你们看了六十多年的墓了！

这句话吴缘永远难忘，至今一说起就激动。因为这句话，他终于清楚地得知，四伯的墓地就在密支那，曾经为四伯祭祀过的人还在。这让吴缘的寻找，一下子明确了方向。

随后，吴缘又找到一位当年和吴其璋在同一个部队的远征军战士，他就是居住在杭州富阳县九十二岁高龄的赵荣惠老人。老人一提起吴其璋就泪流满面，原来他曾是吴其璋的学生，是跟随吴其璋到缅甸的。他说吴其璋讲得一口流利的英文，为人诚恳，很受官兵们的爱戴。当时他们的部队驻扎在密支那，1944年12月的一天，日军再次发起反扑，吴其璋和战士们在一座观察所执行任务。面对日军的疯狂扫射,上观察哨顶楼侦察,就成了一项与死神打交道的任务。为保护战友,吴其璋却总是抢着去。那天黄昏,当他爬上顶楼观察炮弹着落点时,不幸被日军狙击手击中,颅骨中弹,当场牺牲。

九旬高龄的赵荣惠老人说起这段往事情绪很激动,他不住地流泪,反复说,吴教官是个好人啊,我对不起他,没保护好他。

吴缘听了老人的讲述悲喜交集。虽然伯父的牺牲让他难过,但他更为伯父的英勇行为深深地感动。以前关于伯父怎么牺牲的不太确定,今天他终于知道,伯父是个英雄,是保护战友执行任务牺牲的。难怪他的墓碑上,镌刻着"浩荡英风"四个大字。

这样一位英雄,即使不是他的伯父,也应当将他的墓地找到,将他的遗骸带回。

8.远赴密支那

我第二次见到吴缘,是在腾冲。2015年的4月中旬。

杭州一面,听吴缘讲述了吴家的抗日英雄故事,我被深深感动了,也有些震惊和羞愧。在此之前,我竟对故乡这位抗日英雄一无所知。而且,对杭州这样一批致力于抗战老兵的志愿者,也一无所知。

我希望成为他们中的一员,向他们致敬。

最初我去腾冲,是想参加孙春龙他们组织的"接远征军将士遗骸回家"的志愿者活动。去后发现,参加此活动是要出境的,我不太方便；同时还发现，来报道此活动的媒体已非常多了，于是退出，索性继续采访吴缘。

吴缘也参加了此次活动，我到腾冲时，他已和志愿者一起出境到缅甸去了。我从网上得知，这些可敬的志愿者们，出境前在腾冲的国殇墓园祭拜了远征军的阵亡将士，并庄重许愿，要把牺牲在异国他乡的远征军将士的遗骸接回家。

回首看，远征军是二次世界大战中，中国与盟国直接进行军事合作的典范，也是甲午战争以来中国军队首次出国作战，立下了赫赫战功。从中国军队入缅算起，中缅印大战历时三年零三月，中国投入兵力总计40万人，伤亡接近20万人。在我们纪念抗日战争的伟大胜利时，愈发感到这段历史弥足珍贵，愈发感到中国远征军的壮举值得后人敬仰和追忆。

无论如何，我们都应该永远缅怀这支英雄的部队。

无论如何，我们都不能让为国捐躯的英烈长眠异国他乡。

我没资格为志愿者们点赞，我只能向他们鞠躬。

吴缘也在祭祀的人群中，他的大个子很显眼。与其他志愿者不同的是，他此行有一个非常具体的目标，就是去缅甸北部克钦邦的首府密支那，把他的四伯吴其璋的遗骨带回家。

其实我和吴缘的交集，早在2011年就开始了。

2011年3月，当时作为人大代表的我，在两会上提交了一个建议案，《关于搜寻远征军抗战烈士遗骸、迎接八万亡灵回国的建议》。提出"成立专门机构,尽快地全力地搜寻烈士遗骸,将八万亡灵迎回祖国安葬"。这个建议案,是在孙春龙的帮助下完成的,他当时已经辞职,全力以赴地投入到了帮助老兵的公益活动中,其中就包括寻找远征军遗骸一事。

孙春龙告诉我,在缅甸仰光、曼德勒、密支那等大城市,到处都是日本人修建的慰灵碑、纪念碑,每年都会有大批的日本人前往缅甸进行祭祀;在缅甸仰光的英军墓地,亦有英国官方派出的专门机构,进行墓地的管理和维护;台湾方面,马英九亦前往孙立人将军的墓前进行祭拜,孙立人曾是中国远征军的高级将领,这一信息显示,台湾方面对这段历史已开始关注。我们也知道,美国至今没有放弃寻找二战中牺牲的战士的遗骸,包括和中国军方签认相关协议。

我在建议案中将这些情况如实写入,并指出,优抚卫国军人是国家的责任,寻找并安葬烈士遗骸,是一个国家对为国捐躯者的最大尊重。过去,由于历史的原因和局限,致使那些为国家和人民的利益英勇献身的抗日老兵不能魂归故里,不能得到应有的尊重和纪念。今天,我们作为一个在世界上日益强大、国际形象日益提升的国家,很有必要尽快弥补过去的欠缺和遗憾,将这一工作进行完善。

建议案提出后,得到了非常多的代表的支持,后经媒体报道后更获得了社会的广泛认同。提交到两会后,民政部及时给我作了回复,表示国家即将启动相关工作。

吴缘告诉我,当他从媒体上听到这个消息时,非常激动。他看到了更多的希望，更多的可能性。果然，2011年底，国家正式启动了境外烈士墓地和遗骸的保护工作。一些具体的工作相继展开，比如对境外烈士墓地进行普查，对一些境外墓地进行修缮，或迁回。

吴缘的寻找终于得到了有力的支持。

自父亲将寻找四伯墓地的重任委托给他后，他一直感到肩上的责任很重。这个责任不仅仅来自父亲，来自家族，也来自整个中华民族。我们的中华民族永远不应该忘记，也永远不会忘记那些为国出征的将士。不会让我们的英雄长眠在异国他乡。

吴缘一次次地踏上寻找之路，仅仅是去往中缅边境腾冲，就多达二十二次。

我满怀期待地在腾冲等待着，希望吴缘的愿望能达成，我能亲眼看见吴其璋烈士魂归故里。

我感觉自己在等一个悬念，而这个悬念是那么伟大，那么牵动人心。

但是和我一起去腾冲等吴缘的"我们爱老兵网"负责人，我的本家裘黎阳却不乐观。他跟我说，估计这次还是困难，还不能接回来。

我知道裘黎阳不仅是关爱老兵的志愿者，还是一位二战史爱好者，他非常熟悉滇西抗战这一段，也熟悉远征军，他比我更有发言权。

我问为什么？不是已经找到墓地所在地了吗？

裘黎阳说，墓已经不在了，六十年代就被平了，中缅关系一直比较复杂。现在墓地所在地是一所小学，不是那么好挖掘的。

我感到遗憾。但还是抱了一线希望。说不定可以呢？

我们继续在腾冲等待，在那个抗战中第一个收复的英雄边城。

艰难地寻找。

顽强地寻找。

9. 未竟的事业

三天后吴缘从缅甸回来了，回到了腾冲。

果然是两手空空。

不过吴缘并没有我想象中的沮丧，而是充满信心。他告诉我，此行收获不小，寻找墓地的事又往前进了一大步。最重要的是，他终于见到了艾元昌老人，就是那位亲眼见过吴其璋墓地，并为其扫过墓的老华侨。

到达密支那的当天晚上，吴缘就迫不及待地想见艾元昌。在当地华侨的帮助下，他找到了艾老的家，终于见到了八十五岁的艾元昌。那一刻，两位远征军的后人跨过几十年的岁月相拥在一起，泪流满面。

艾元昌告诉吴缘，由于他哥哥也是中国远征军战士，他每年都会去墓地扫墓，他哥哥的墓地与吴其璋烈士的墓地很近。1962年，他去往哥哥墓地时，目睹吴其璋的墓地被拆毁。当他看到一群人开着推土机将墓地推平时，忍不住大放悲声。

"我们中华儿女为国捐躯,到最后却连一个葬身之地都没有,我好伤心啊。"如今,已经八十五岁的艾元昌向吴缘诉说这段往事时,依然泪流不止,心里发痛。

当艾元昌老人得知吴缘要将伯父的遗骸迁回祖国安葬时,非常支持,表示一定会尽力帮助。第二天,他就领着吴缘来到了当年安葬吴其璋的地方。

吴缘告诉我,如果没有艾元昌的指认,他根本无法想象这就是照片上那个墓地所在地,已经一点儿痕迹也没有了,如今这里是一所小学。同样,当年远征军的另一片墓地,也已成为一所中学的校园。吴缘拿出手机,给我们看了他此行的照片。我也看到了吴其璋烈士的墓地今天的样子。的确是一所小学的操场。还算幸运,墓地所在的位置没有修建教室。

在吴缘和志愿者们与校方进行诚恳的协商后,学校已经同意他们挖掘遗骸了,但希望推后到8月份。

终于,带回四伯的遗骨,有了具体的日程。

吴缘按捺下急迫的心情,对着深埋在黄土下的伯父遗骸,深深鞠躬,然后,又按照中国的传统方式,作了虔诚的祭奠,他双手合十,默默地向伯父承诺道:

"四伯,七十年了,我终于找到您了。您放心,我一定要把您带回去,和爷爷奶奶团聚!"

吴其璋英灵地下有知,一定会感到欣慰。

在腾冲，吴缘带着我和裘黎阳去滇西抗战纪念馆，在国殇墓园旁的中国远征军名录墙上，在103141个英名中，吴缘找到吴其璋的名字，指给我们看。我知道他不止一次地在这面墙上找四伯的名字，但每一次，还是要花个一两分钟时间，毕竟有十万个名字。

看着烈日下吴缘黝黑的面庞和满头华发，我无比感慨。从墙上十万多个姓名里找出四伯的名字都不易，更何况从当年的战场上找四伯的遗骸。转瞬五年过去了，路途漫漫。

好在，目标正一步步接近。

我跟吴缘说，8月份你来的时候，我再来，你一定要带回四伯的遗骨，我一定要亲眼看着你带回。

吴缘说，一言为定。

图书在版编目（CIP）数据

第九次在天堂 / 裘山山著. -- 重庆：重庆出版社，2017.10
ISBN 978-7-229-12567-7

Ⅰ.①第… Ⅱ.①裘… Ⅲ.①散文集—中国—当代 Ⅳ.①I267

中国版本图书馆CIP数据核字（2017）第193235号

第九次在天堂
DIJIUCIZAITIANTANG

裘山山　著

策　　划：后浪 华章同人
出版监制：陈建军
责任编辑：徐宪江　王春霞
责任印制：杨　宁
营销编辑：张　宁
装帧设计：视觉共振设计工作室

重庆出版集团
重庆出版社　出版
（重庆市南岸区南滨路162号1幢）
投稿邮箱：bjhztr@vip.163.com
北京汇瑞嘉合文化发展有限公司　印刷
重庆出版集团图书发行有限公司　发行
邮购电话：010-85869375/76/77转810
重庆出版社天猫旗舰店
cqcbs.tmall.com
全国新华书店经销

开本：880mm×1230mm　1/32　印张：8.5　字数：160千
2017年10月第1版　2017年10月第1次印刷
定价：55.00元

如有印装质量问题，请致电023-61520678

版权所有，侵权必究